TAKE
SHOBO

エリート弁護士は不機嫌に溺愛する

解約不可の服従契約

御堂志生

ILLUSTRATION
黒木捺

エリート弁護士は不機嫌に溺愛する
解約不可の服従契約

CONTENTS

プロローグ	6
第一章　愛人契約	13
第二章　それぞれの傷	38
第三章　心の迷路	74
第四章　扉越しの情事	108
第五章　悲しい愛の結晶	136
第六章　屈辱の一夜	162
第七章　喪失	194
第八章　愚者の愛	225
第九章　許されざる罪	249
第十章　永遠の愛を君に	273
エピローグ	291
番外編　～ Happy wedding ～	294
番外編　～ Engagement Ring ～	312
あとがき	326

イラスト／黒木捺

エリート弁護士は不機嫌に溺愛する

解約不可の服従契約

Presented by
Shiki Mido
and
Natsu Kuroki

プロローグ

「零時か。いい時間だな。そろそろ切り上げよう」

聡の言葉に夏海のキーボードを叩く指が止まった。

彼女はホッと息をつくと同時に、違う種類の緊張を感じる。だがそれを表に出さないようにして、スッと立ち上がった。

「お茶でよろしいですか？　それとも、すぐに帰られますか？」

明日は土曜日だ。意味もなく、聡がこんな時間まで会社に残ってはいないだろう。もちろん、仕事が溜まっているのは事実だが。

「いや……こっちに来いよ、夏海」

ビジネスライクな口調が、一転して砕けたものに変わった。

部屋から出て行こうとしていた夏海は、ドキッとして足を止めた。呼吸を整えながら振り返ると、大きな窓を背にして聡はじっとこちらを見ている。

欲情を孕んだ熱い瞳——それは、契約の時間が始まる合図だった。

都心の高層ビル内にある深夜のオフィス。煌々と灯りが点くのは、このフロアでひと部屋だけだろう。

　ほんの数分前まで、室内はパソコンや周辺機器の出す機械音で占められていた。だが今は、わずかな熱を帯びた静寂がふたりの間を漂う。聡は黒い革張りの椅子を軋ませながらクルリと回し、デスクの下から両足を移動させた。

「下着は、この間の物だろうな？」

　それはオフィスに似つかわしくない、卑猥(ひわい)な質問だ。

　夏海はうっすらと頬を染めながら、キャビネットの横を通り抜け、ゆっくりと聡に近づいた。

「……はい」

「いいだろう。来るんだ」

　満足そうにうなずく彼の前に立ち、夏海はわずかに脚を開く。すると、すぐさま聡の手がスカートの裾から中に滑り込んだ。

　今日はベーシックな膝丈のタイトスカートだ。それをスルスルと腰の上までたくし上げられ、見る間に象牙色の艶やかな太ももと臀部が露わになった。

　白いガーターベルトで留めたシルクのストッキングが、官能的なラインを描き出す。そんな夏海の姿が、室内の灯りで窓に映し出された。

「あの……灯りを消して来ていいですか？」

　夏海は自分の姿を横目で見て、聡に懇願する。

「ダメだ。どうせ誰も見やしない。それに、じきに気にならなくなる」

あっさり却下され、聡は下着の上から夏海の身体に触れた。

「……あっ」

羞恥は一瞬で快感に変わった。

聡の掌が何度もヒップから太ももまで往復し……しだいに、夏海の理性を狂わせていく。ここがオフィスであることも、忘れさせてしまうくらいに。

ガーターストッキングは聡の趣味だ。Tバックよりほんの少しだけ生地の多い総レースのショーツもそうだった。彼は左右を紐で結ぶようなセクシーなデザインの物を好む割に、白やピンクなど清楚な色ばかりを選ぶ。

彼の趣味が反映されるのは下着だけではない。ふたりの関係が親密になって以降、夏海のものはすべて聡が決めて、買い与えてくれた。

ビジネススーツから私服、バッグや靴にアクセサリー、それにメイクの仕方まで、すべて彼の好みだ。

「あ、待って……はぁうっ」

いきなりショーツの隙間から指を押し込まれ、夏海は唇を噛みしめる。

「股を閉じるな」

短く命令し、彼の指は開いた脚の間をゆっくりと行き来する。

花芯を強く撫(な)でられ、夏海は躰の中からこぼれ落ちるものを感じた。たちまち息遣いが

荒くなり、我慢したいのに太ももが震え……あっと言う間に軽く達してしまう。

総レースのショーツは、甘い芳香を放つ液体にしっとりと濡れていた。

「もう、こんなグッショリだ。随分、いやらしい身体になったものだな」

「あ……それは……あなたが」

「ひとりで気持ちよくなるなよ。俺にもしてくれ」

夏海の耳元に息を吹きかけながらささやき、聡はショーツから指を抜いた。

そして、濡れた指を一本ずつ丁寧に舐めていく。その扇情的な仕草に、夏海も湧き上がる欲情を抑えることができなくなる。

そのまま倒れ込むように聡の前に屈むと、ベルトを外し、ファスナーを下ろした。紺色のボクサーパンツの前が少しだけ膨らんでいる。

いつもそうだ――いつも、夏海の口で愛撫（あいぶ）を受けるまで、完全に屹立させず我慢しているらしい。

そんな彼の分身をそっと手で摑み、夏海は口に含んだ。

初めは何も知らなかった行為……歯を立てて、聡から叱られたこともある。でも今は、彼の望む愛撫の方法で、男の欲望を煽（あお）っていく。

案の定、聡の息はすぐに上がり始め、夏海の口腔内をいっぱいにした。

「ああ……もういい。夏海……上に乗るんだ」

聡が左右の紐をほどくと、ショーツは床にふわりと舞い落ちた。スカートを腰にたくし上げたまま、無防備になった下半身で夏海は彼に跨る。両腕を聡の首に回し、抱きつくようにして、彼の昂りを躰の奥深くに沈み込ませた。

ふたりは完全にひとつになる。

すぐにも突き上げて欲しいのに……聡は焦らすように、ブラウスのボタンを一個ずつ外していく。すると、ショーツとお揃いの総レースのブラジャーに包まれた形のよいバストが露わになった。

彼はホックを外さず、肩紐をずらして乳房を取り出した。

おもむろに吸いつくと同時に、聡はやっと腰を動かし始める。

ようやく望みのものを与えられ、夏海は漏れ出す声を我慢することができない。

「あっあっ、さと……し、聡さ……ん、あっ、ダメ、あーっ！」

これだけ静かなら部屋の外に人がいたら、丸聞こえだろう。

わかっていても、堪えきれるものではない。

「夏海……声を抑えろ」

「あっ……ん、ごめん、なさ……い、でも、わたし、あっ、やっ、んんっ！」

「しようのない奴だな」

聡は夏海の長い黒髪の中に指を入れ、後頭部を支えるように引き寄せた。

夏海は目を見開き……熱情に潤んだ聡の双眸が近づくのを感じて、慌てて目を閉じる。

そのまま、ふたりは今夜初めての口づけを交わした。

桜色の唇を割り、聡の舌が潜り込んでくる。艶めかしい動きで歯列をなぞり、口腔内に溶けてしまいそうな熱を感じた。

身体を繋げたままの濃厚なキスは、ふたりの興奮を一層高めてくれる。その証拠に、夏海の中はキュッキュッと収縮を繰り返し、奥に感じる聡の雄身をきつく締め上げた。

その瞬間、聡は繋がったまま立ち上がった。

「きゃっ、あ、やだ……聡さん……わたし、わたし……もう」

ほんの一瞬だけ唇が離れ、夏海は降参を告げようとするが、それを阻むようにふたたび口を塞ぎ、デスクに押し倒された。そのまま、荒々しい動作で夏海に抽送を始める。

重厚なオーク材の机は、聡の激しい突き上げに文句ひとつ言わない。

重なった唇が離れ、夏海は聡にしがみついた。

次の瞬間、彼を包み込んだ部分が急激に狭まり、夏海の躰は聡を陶酔の海に引きずり込む。ふたりはほぼ同時に、歓喜のときを迎えたのだった。

第一章　愛人契約

織田夏海の勤務先は、東京都、港区にある高層オフィスビルの二十階、フロアの一角を占める一条・如月法律事務所。

その代表を務めるのが一条聡、三十五歳。

彼は日本国内の大学を卒業後、ハーバードのロー・スクールを首席で卒業した、企業法を専門とする国際弁護士だ。マサチューセッツ州とニューヨーク州で実績を積み、帰国後すぐに、海外企業専門の法律事務所を親友の弁護士、如月修と共同で開業した。

現在、企業弁護士として日本国内では第一人者と呼ばれている。

そして、夏海の上司であり――愛人だった。


深夜の一時少し前、ふたりはビルの正面玄関から一緒に出た。幸い今夜も、ふたりの情事は誰にも知られずに済んだようだ。

「今日は成城に戻る。明日の夜には帰宅する。君は？」

タクシーの中、聡は書類に目を落としながら夏海に尋ねた。つい先ほどの情熱が嘘のような無機質な声だ。

「わたしは、明日は朝から母の病院に。……お戻りは何時ですか?」

「十九時は回るだろう。夕食は家で取る」

「わかりました。用意しておきます」

そのまま会話が途切れる。聡が饒舌(じょうぜつ)になるのは仕事とセックスのときだけだ。わかっていても、抱かれたあとは寂しさを感じる。

ふたりを乗せたタクシーは池尻大橋の駅近くで停まった。少し歩けば二十七階建ての高層マンションのエントランスがある。そこに夏海の……いや、聡の家があった。

「お疲れ様でした」

「ああ、お疲れ」

別れを惜しむこともなく、夏海が車から降りるなり、大きな音を立てドアは閉まった。彼は視線を書類に向けたまま、一度も夏海のほうを見ようとしなかった。今はもう、夏海が横に乗っていたことすら忘れているだろう。

車のバックライトが見えなくなるまで、夏海は愛する人を見送った。

八時から二十二時まではフロントにコンシェルジュが立ち、今の時間帯は警備員がエントランスホールを監視していた。

「お帰りなさいませ。一条様」

夏海に話しかけたのは警備員で、夜間は彼がコンシェルジュの代わりも務めている。

「ご苦労様です。郵便や荷物はありますか？」

警備員から郵便物の束を手渡され、夏海は「ありがとう」と微笑んだ。

聡宛ての郵便物がほとんどだが、その中に、夏海宛ての封書が一通紛れ込んでいた。長形三号の茶封筒、差出人名は〝みどり温泉病院〟と書かれてある。

（もう、今月分の請求が来たのね）

夏海はため息をつきながら、心の中で呟く。

「あの……今夜はおひとりなんですよね。下はしっかり警備しますから、安心してお休みください」

「どうもありがとうございます。朝までよろしくお願いしますね」

顔を上げると、夏海は会釈してエレベーターに向かった。

二十七階建ての最上階に聡の部屋がある。マンションの管理事務所に届け出たふたりの関係は――夫婦。

仕事の都合上、夏海には旧姓の『織田』で郵便物が届く、と伝えてある。

関係者がそれを信じているかどうかはわからない。だが、一億円以上のマンションを即金で購入した弁護士の不興を、好んで買いたい人間はいないだろう。

（そうよね、誰も一条先生には逆らえないのよ）

ダブルオートロックのキーをエレベーター前のセンサーに翳（かざ）しながら、夏海は初めてその鍵を手にしたときのことを思い出していた。

夏海が聡の事務所に就職したのは、大学を卒業した四年前の春。

弁護士を目指していた夏海は、大学三年で司法試験予備試験に合格。四年のときには司法試験に合格し、卒業後に司法修習を受ける予定だった。

ところが卒業直前の冬、当時五十六歳だった母、幸恵(ゆきえ)が若年性認知症と診断されたことで、すべてが変わってしまう。

その診断が出る四ヵ月ほど前――。

『なっちゃん。お父さんがね、帰って来ないのよ』

ある日突然、自宅を出てしばらくすると、母からそんな電話がかかってきた。

当時の夏海は司法試験を無事終え、卒業までに少しでもお金を貯めておきたくて、卒論とアルバイトに精を出す毎日だった。

最初にその電話を受けたとき、なんの冗談かと思った。夏海の父、慎也(しんや)はその二年前、彼女が大学二年のときに過労が原因の心疾患で亡くなっていたからだ。

思えば、両親は仲のよい夫婦だった。

大学教授を父親に持つ母は、中卒で板前をしていた父との結婚に反対され、駆け落ち同然で一緒になったという。決して贅沢な暮らしではなかったが、二人の子供にも恵まれた。

父は亡くなる四年前、三十年近く勤めた料亭から独立して小料理屋を開店した。父が倒れたのは、店が軌道に乗り始めた矢先のことだった。

父が亡くなったとき、兄の慎一は就職先の大阪で結婚、姉の秋穂も名古屋で就職していた。兄姉が戻ってくることは期待できず、ひとりでも店を続けたいという母を、夏海が支えて頑張るしかなかった。

司法試験に向けての勉強と家の手伝いは両立が大変だったが、合格したとき、母は本当に喜んでくれた。母も少しずつ元気を取り戻している。

そう思っていたのだが……。

母は最愛の夫を失ったショックから立ち直っておらず、末娘の将来が決まったことに張り詰めていたものが切れてしまったのかもしれない。まるで砂の城が崩れるように、母の心は少しずつ壊れていった。

そして、母が病気と診断され、夏海はようやく家計が火の車であることを知る。

板前の父の給料と母のパート代で、兄姉をそれぞれ私立の大学と短大に行かせた。それだけでも苦しかっただろう。

夏海が遠慮して高校卒業後は就職する、と言ったとき、

『三人の中で夏海が一番賢いんだぞ。進学しないでどうするんだ』

父はそう言って夏海まで四年制の大学に入れてくれたのだ。

そして店の開業――貸し店舗ではあったが、内装や設備、運転資金はすべて借金。父の死亡保険金は借金の返済でほぼ消えていたことを知った。

母の病名がわかったあと、夏海は悩んだ。

卒業まではバイトをかけ持ちしながらでも学費と生活費は捻出できる。だが、司法修習中のアルバイトはできない。無利子のお金を借りることはできるが、それだけですべてを賄えるわけがないだろう。

何より、司法修習を受けるためには家を出て司法研修所で集合修習を受けなくてはならない。

そして医者からは、母をひとりにすることは危険と言われてしまい……。

夏海は決断した。

司法試験は一度合格すれば、司法修習を受けるまでの有効期限はない。

母の面倒をみたあと、司法修習を受ければいい。夏海はそう考え、大学教授の推薦で聡の法律事務所に事務員として就職した。

しかし、間もなく母はいっときも目が離せないほど病状が進んでしまう。

母に付き添っていては仕事に行けない。でも、誰かが介護しなくてはならないのだ。

夏海は兄に相談し、彼女が生活費を送金する約束で、母は大阪の兄夫婦と暮らすことに決まった。ところが、わずか一ヵ月で介護の大変さに音を上げた兄嫁が、実家に帰る騒ぎを起こしてしまう。

幼い子供を抱えた兄に泣きつかれ……夏海はふたたび母の面倒を見ることになった。

介護士は専門の病院に入院させることを勧めるが、それには大きな問題がある。一ヵ月の個人負担金が二十万円以上もかかり、兄姉からの、月数万円の援助ではどうにもならない。

事務所の規定によりアルバイトは禁止されていたが、夏海に選択肢はなかった。就職して五ヵ月、ちょうど夏が終わるころから、彼女は仕事が終業後の週五日、六本木のクラブでホステスを始めた。

そのわずか二ヵ月後、彼女の勤めるクラブに聡が客として訪れたのだった。

『優秀で真面目な女性と推薦されたんだが……とんだ食わせ者だったな』

とんでもない場所で顔を合わせてしまった翌朝、出勤するなり聡の部屋に呼ばれた。

そして言い訳をする間もなく、夏海の鼻先に解雇通告が突きつけられたのだ。

『一週間以内に引き継ぎをして、私物を纏めるように。給料はそのときに清算する』

聡は椅子に腰かけたまま、尊大な口調と侮蔑に満ちた視線で夏海を切り捨てた。

遊び金欲しさか、それともカードローンでも抱えているのか、どちらにしても、法律事務所で働く人間にふさわしい状況ではない。

聡にそんな言葉をぶつけられ、夏海は『申し訳ありませんでした』と頭を下げることしかできなかった。

いっそ、上司である聡に事情を話してしまおうか、とも考えた。

だが、話してどうなると言うのだろう。大学を出たばかりの夏海にこれ以上の給料など望めない。貸して欲しいと頼むにしても、いくら借りれば足りるのか見当もつかず、返す当てもないのだ。

それに……淡い憧れを抱く聡に、母のことを知られたくなかった。

病気の母を恥じるつもりはない。母は大事で、どんなことをしても面倒をみたいと思っている。

だが……。

就職してすぐ、聡はただの弁護士ではないと聞かされた。

年商一兆円と言われる巨大企業、一条グループの長男——それが聡の隠された姿だ。だが、この事務所で一条グループの仕事は一切引き受けていない。彼は独自のルートを開拓して今の地位を築いていた。それだけでも充分、尊敬に値する人物だろう。

一八〇センチ近くの長身で、脚は……よく縺(もつ)れずにデスクの下に収まるものだと感心するくらいに長い。洋服は保守的でスタンダードな英国調のスーツが好みのようだ。上品でクールな容貌にピッタリだった。

厳格を絵に描いて額縁に入れたような聡だが、たまに見せる穏やかな笑顔に、夏海はどうしようもなく惹かれる。その静かな微笑みは、彼の端正な顔をさらにチャーミングにした。

夏海にとって聡は、それまで出会ったことのない完璧な男性だった。

クラブに来たときも夏海以外のホステスは全員、彼の気を引くのに必死になっていた。

こんな男性なら、お付き合いしてきた女性は片手では足りないくらいだろう。

勝手にそんな想像していたが……事務所の同僚たちに聞く限り、聡の周囲に女性の影は一切なかった。

夜は遅くまで残業し、長期休暇も取らず、日曜日も月に一度休むかどうか。クラブのような接待は他の弁護士に任せており、昨夜は急遽都合の悪くなった如月弁護士の代役だったという。

自堕落な生活に陥るのに十二分の環境にありながら、仕事ひと筋で潔癖な男性。そんな聡の下で働けることは幸せだった。

だが、自分のような立場の人間がこれ以上憧れを抱いても無駄なこと。

夏海は何も言わず、仕事の引き継ぎと数少ない私物の整理を始めたのだが……。

次の日の夜、事態は急変する。


昼間より厚めにファンデーションを塗り、真っ赤な口紅を引いた夏海の前に、ふたたび聡は現れた。

『君の事情はすべてわかった。給料とは別に、毎月二十万を支払おう。条件はひとつだ、私の愛人になれ』

彼はなんと一日で夏海のアルバイトの理由を探り当てたのだ。

それも、父の死から母の発病、兄姉の家庭の事情から母の入院費用まで――すべての事情を把握していて、夏海は言葉もない。

『昼間は事務所で働き、たまに夜の相手をしてくれればいい。そんな怯えた少女のような芝居は不要だ。私に妙な趣味はないし、病気もない。月に数回、それなりに楽しませてくれ。時給に換算すれば、ホステスよりかなり得だろう』

水割りを一気に飲み干し、グラスに残った氷をカラカラと回した。聡の仕草はどことなく苛立たしげだ。

今夜、テーブルについているのは夏海だけである。無論、聡の希望だった。

『……お断りします』

『なんだと？　自分が何を言ったかわかっているのか？』

『一条先生。わたしはホステスとして接客をしているだけです。身体は売ってませんし、売るつもりもありません！』

まさか、聡がこんなことを言い出すとは夢にも思わなかった。

夏海はそのことに本気でショックを受けていた。

そんな夏海の表情を気にする様子もなく、聡は無言でグラスを差し出す。夏海も黙って受け取り、二杯目の水割りを作った。

『すべてわかったと言ったはずだが……』

『おっしゃる意味がわかりません』

聡はニヤリと笑い、

『君にその〝つもり〟はなくとも、ここのママは充分にその〝つもり〟のようだぞ』

その言葉は夏海の胸に突き刺さった。

聡の事務所をクビになり、生活費も稼がなければならなくなった。昼間の仕事が見つかるまで、クラブで働く時間を増やしたい。そんな相談をママに持ちかけたのだ。

『だったら、いいお話があるわ。横浜にある設備工業の社長さん……ほら、山田さんよ。あの人がなっちゃんのことを気に入って、お世話したいって。ちょっとお腹は出てるけど、優しい人よ。けちじゃないしね。なっちゃん、お母さんのことでいくらかかるかわからないんでしょう？　そういう人に頼ることも考えておかないと』

夏海が勤め始めたころから週二回はやって来る男性だ。若く見ても四十代だろう。

それに、

『あの……ママさん。山田さんはお子さんがいらっしゃるんじゃ……奥様は？』

夏海はてっきり再婚の話だと勘違いしていた。

『いやぁね。横浜にご家庭があるから、東京妻が欲しいんじゃない。しっかりしてよ、なっちゃん！』

ママの返事は夏海には受け入れがたい現実だ。

しかし、昼間の仕事が見つからず、さらに入院代がかかるようになれば……。

言葉を失う夏海に、聡はため息をついて口調を変えた。

『悪かった。言い方を変えよう。これは契約だ』

『け、いやく？』

『そうだ。私は結婚に一度失敗した。二度とする気はない。だが、女はたいがい愛の言葉を欲しがり、結婚というゴールを求める。煩わしい感情抜きで、抱きたいときに抱ける女性が欲しい』

『それこそ……お金を出したら、欲しいときにそういう女性が買えるんじゃないんですか？』

『赤の他人と歯ブラシを共用するような真似はしたくない。君はどうだ？』

例えは悪いが言いたいことがわかり、夏海は赤面する。

『君は司法試験に合格していることを履歴書に書かなかったな。親のことを詮索されるのが嫌だったんだろうが……』

聡の言うとおりだった。

母の病気が不採用の理由になったら、と思い……。教授には、家庭の事情なので自分から話す、と言い口止めした。

『将来、司法修習を受けて弁護士になるつもりなら、正妻に訴えられかねない不法行為は慎むべきだ。私は独身で契約期間中に結婚するようなことはない。仮に関係がバレても、君の経歴に傷はつかない。私ほど、パトロンにふさわしい男はいないと思うが』

聡のほうに問題があるわけではない。

問題は夏海のほうにあった。

彼女は大学進学を決めたとき、親に負担をかけないため、自宅から通える国立大学に合格しようと必死に勉強した。大学入学後は法科大学院へは進まず、なんとしても大学在学中に予備試験と司法試験を突破し、最短で司法修習を終えようと思っていたのだ。

それはとんでもなく大変なことで、世間一般にイメージされる女子大生とは全く違う生活を送った。

恋愛経験は中学生並みのグループ交際止まり。当然のように男性経験は皆無だ。

大学を出て弁護士になり、母に楽をさせてやりたい。そして、いつか素敵な恋をして、結婚式を挙げ、母と亡き父にお礼の花束を贈るのだ。――そんな夢は、母の病名を知った瞬間に消えてなくなった。

母の中から記憶はどんどん消えていっている。やがて夏海のことも忘れるだろう。そんな母に寄り添うことはつらい。

そして母の介護が不要となるころ、夏海は五十歳を過ぎているかもしれない。

普通の結婚や子供を持つことは諦めなければならないだろう。だが、恋もせず、男性経験もなしに年老いていくのは悲し過ぎる。

そんなことを考えるうち、彼女は目の前にいる聡に縋ることが、最善のように思い始めていた。

せめて、一度でもいいから憧れの男性に抱かれてみたい。自分の立場がたとえ『煩わしい感情抜きで、抱きたいときに抱ける女性』だったとしても。

お金のため――それが何年も夏海を縛ることになるとは思わず。彼女は恋が実ったような錯覚を抱き、聡の差し出した契約書にサインをしていた。

☆　☆　☆

タクシーが走り出すなり、聡は顔を上げた。

バックミラーの中に夏海の姿を見つける。その姿が見えなくなるまで、彼はミラーを凝視していた。

夏海を採用して丸四年が過ぎた。

陶器のようななめらかな肌をしている……それが初めて彼女を見たときの感想だ。国立大学の教授の推薦を受けただけあり、頭の回転の速い女性だった。

それでいて、テストの意味も込めたセクハラ気味の質問には、一瞬で頬を赤く染め……夏海の恥らう様子に聡の心と下半身は妙にそそられた。

彼が夏海に求めた契約内容は、簡単に言えば二点。

『あらゆる場合において聡の要求に応じること』

『毎月二十万円の金以外は要求しないこと』

思えば、突拍子もない提案をしたものだ。

だがあのころの聡は、夏海の態度にいい加減焦れていた。

彼女は入所以来、ずっと聡を誘っていた。もちろん、あからさまな言葉などは口にしない。だが、物欲しげな目をしていつも聡を見ていた。

自分から誘わないのは、責任の所在を聡にしておきたい証拠だ。そこを易々と口説けば、貪欲な女のカモにされてしまう。

何か理由をつけて解雇するか、諦めて口説くか、ギリギリのところで悩んでいた聡にとって、夏海の秘密を摑んだことは千載一遇のチャンスだった。

（だが……あれだけは予想外だったな）

聡は口元に笑みを浮かべ、最初の夜を思い出していた。


契約を交わしたその夜、聡は都心のホテルのスイートルームに彼女を連れ込んだ。そして部屋に入るなり、夏海をベッドに押し倒した。

『あの……シャワーを』

『そんなものはあとだ。気づかれてないとでも思っていたのか？　面接のときからずっと、私にこうされたかったんだろう？』

下品極まりない真っ赤なワンピースを引き裂き、夏海の白い肩を剝き出しにする。

彼女の口元が何か言いたげに開きかけ、それを目にしたとき、聡は抑えきれない衝動を感じた。

（落ちつけ、落ちつくんだ）

夏海はすでにホステスではない。聡の思いどおりになる人形も同然だ。焦る必要もなければ、遠慮もいらない。気に入らなければ今夜で捨てることも、逆に飽きるまで金で縛り続けることも可能な女だ。

聡は様々な理由を並べ立て、自分を落ちつかせようと必死になる。

彼は当時、三十一歳。離婚歴もあったが女性経験は多くない。普通に付き合ったのは別れた妻のみ、あとは風俗での経験だけだ。同級生の如月に比べれば子供の遊び程度だろう。

そんな彼にとって、夏海のぎこちない仕草はあらゆる意味で新鮮だった。

だが、今どきの女子大生がどんなものか、聡も充分に承知している。どれほど清純に見えても、自分の女を見る目など当てにならない。

夏海が清らかに見えるのは、本人も言っていたように、売春に準じた行為が初めてというだけだろう。

しかし、これは売春ではない。

聡が提供するのはセックスの代価ではなく、部下の苦境を救うための金銭的援助。詭弁と言われようとも、母親の入院や介護費用を、無利子無期限で貸与するだけにすぎない。

彼が払う金とこれから行うことは引き換えではないのだ。

『愛のないセックスは初めてらしいな。だが……愛など幻想だ』

聡の呟きに彼女は何も答えなかった。

思えば、離婚直後は風俗に通い、不特定多数の女性と関係を持った。だがそれ以降は……おそらく八年以上、女性から遠ざかっている。

触れたい、自分のものにしたい、そんなふうに思ったのは本当に久しぶりだ。甘い香りのする夏海の肌に、聡は夢中になっていく。

引き裂いたワンピースの下は量産品の下着を身につけていた。ベージュのブラジャーとサーモンピンクのショーツ、アンバランスなそれらを夏海の身体から引き剝がす。

彼女の中に押し込みたい欲望もさることながら、何もかも脱がせて、無防備な姿が見たくて堪らない。

『あ……待って。これ以上、乱暴にしないで』

ストッキングに手をかけたとき、夏海が気にしたのは伝線だった。

『こんなものいくらでも買ってやる。ワンピースもそうだ。君に赤は似合わない。これからは全部、私が選んでやる』

全身が熱い。まるで燃えるようだ。

引き千切るようにネクタイをほどき、上着とシャツを脱ぎ捨てる。スラックスを下ろしたとき、八年もの間、排泄以外の機能を忘れていたソレは痛いほど屹立していた。

夏海の黒髪が白いシーツの波間に揺蕩（たゆた）う。生まれたままの姿で、両腕を胸の前に合わせ、膝は固く閉じていた。

柔らかな肌に唇を這わせ、彼の知り得る限りの愛撫を繰り返す。

桜色の先端を口に含んだときの興奮は、初めて女性の肌に触れたときの悦びと遜色なかった。

やがて、夏海が懸命に隠そうとする茂みに目を留め、聡は指を押し込んでいく。

まさぐるうちに、そこはしっとりと潤い……聡の訪れを待っているように思えた。

聡は膝で夏海の太ももを割り、その隙間に腰を滑り込ませる。

刹那、夏海の双眸に怯えたような色が浮かんだ。

『その調子で聖女を演じてくれ。間違っても腰を突き上げて、私を幻滅させるんじゃないぞ』

『そんな……わたし……』

見事な演技力だ。弁護士になった暁には、さぞかし法廷で検察官や裁判官を煙に巻くことだろう。

聡は苦笑を浮かべつつ、夏海の震える両手首を片手で摑んだ。そのまま、彼女の頭の上に持っていき、シーツに押さえつける。

残った片手で夏海の太ももを摑むと、挿入しやすいように体勢を整えた。

そして……そのときを楽しむように、ゆっくりと蜜口を割り、彼女の中を突き進んでいく。

しかしそこは、聡がこれまで経験したことのない狭隘な場所だった。まるで、欲望の塊が通過することを阻むかのような、予想外の抵抗を感じた。

何かがおかしい。

いや、まさか……。

聡の胸にたくさんの疑問符が浮かび、違和感の正体に気づいたときには――もう、男として引ける状態ではなくなっていた。

『なぜ……言わなかった？』

『何を、ですか？』

嵐のような波が過ぎ去り、ふたりはベッドに並んで横たわる。

『とぼけるな！　君が処女だとわかっていたら、こんな提案はしなかった』

処女相手に愛人契約など上手くいくわけがない。煩わしい関係が嫌で、金で済む契約をしたのに。じきに、愛だ恋だと口にして、責任を取れと言い出すはずだ。

また、騙されたのかもしれない。欲情に負けて、処女を武器にした魔女の罠に嵌ったのかも……。

聡は夏海を振りきるようにベッドから下り、浴室に飛び込んだ。

カランを捻るなり、冷たい水がシャワーノズルから噴き出す。

落ちつかなくては、冷静に考えなくては、冷たい水で頭を冷やして……そんなことを考えていたとき、彼のあとを追うようにして夏海が浴室に入ってきた。

『誰が入っていいと言った！　すぐに出て……』

『待って！　お願い、今さらやめるなんて言わないで。お金が……母の入院費が必要なんです！　一条先生に奥様がいらしたら、こんな真似はしませんでした。でも、二度と結婚はしないっておっしゃったから』

『ああ、そうだ。結婚はしない。もちろん、君ともな』

聡は苦々しく吐き捨てる。

そんな彼の口調に夏海は一瞬怯んだように見えた。だが、それでも彼の腕に縋りついたまま、引き下がろうとはしなかった。

『わかっています。わたしは、先生が望むとおりの女になります！　なんでも、先生のおっしゃるとおりにしますから……だから』

『私の、言うとおりにするだと？』

女の言葉を真に受けるんじゃない、と頭の中で声が響く。

『はい』

『何でも？』

だが、聞き流すことができそうにない。

『……はい』

とうとうシャワーを止め、聡は夏海を見た。

処女を失ったばかりの証が、彼女の内股を伝っている。

多くの女にとって、聡は金の成る木だった。金があるからこそ女は寄ってくる。夏海もそのひとりにすぎない。

だが、他の男を知らない女は初めてだ。

別れた妻だけでなく、風俗の女にまで性技を貶(けな)され、〝坊や〟呼ばわりされたのだ。ベッドの上で主導権を握ったことなど一度もない。女に支配されるのは御免だとばかり、セックスそのものを拒否してきた。

聡の視線を受け、夏海は恥ずかしそうに頬を染めうつむく。

それでも捨てられたくないのか、聡の腕を掴んだまま、離そうとしない。夏海のそんな姿は、聡の中に眠る〝征服欲〟に火を点けた。

『いいだろう。じゃあ、跪け』

『は、い』

跪く夏海の眼前に、聡は緩く鎌首をもたげた分身を突き出した。

『咥えろ』

『え？』

『コイツを咥えろと言ったんだ。なんでも言うとおりにするんだろう？　愛人でいたいならやれ』

黒い茂みから、彼女の口元に向かって伸びたグロテスクな物体。先端からは聡が吐き出したばかりの白い液体が垂れていた。彼の望む行為は、初体験を終えたばかりの女性には酷な命令だろう。

案の定、夏海は動けなかった。

聡はフッと笑う。

『やはり口先だけか――もういい。処女に敬意を払って一ヵ月分を支払ってやる。だが、事務所は辞めてもらうぞ。もちろん半年の勤務にふさわしい退職金と、うちと同程度の給料をもらえる職場は紹介する。さっさと出て……!?』

夏海の指が怒張した男性器に触れた瞬間、聡は声を失った。

直後、唇と舌先が押し当てられる。そして少しずつ、口腔内に潜り込んでいく。そこはたった今味わった彼女の中とよく似ていて、生温かく柔らかい空間だった。

時々、夏海の歯が当たらなければ、聡は我を忘れていただろう。

そして——その夜、夏海は聡のものになった。


(四年前に比べて夏海も変わった……いや、俺が変えたんだった)

タクシーの窓から流れる景色をみつめ、聡は暗い窓ガラスに映った夏海の痴態を思い出していた。

四年前、聖女の姿が芝居ではなかったと知ったとき、聡は酷く驚かされた。

この女を抱いた男は自分だけ……という思いが強いせいか、身体を重ねるごとに、彼は夏海にのめり込んでいった。

廉価品しか着ていなかった彼女に聡好みの服を着せ、エステに通わせ、本物の宝石を身につけさせる。原石だった彼女を磨き上げることは、聡にこれ以上ない喜びを与えてくれた。

ただ、漆黒の髪だけは四年前から変わらない。黒髪ストレートのロングヘアは聡の好みなので、変えさせなかったのだ。

ところが、洗練されて美しくなっていく彼女の周囲には、仕事と称して外に連れ出そうとする男が増えてしまい……。

契約書を交わしたとき、聡が住んでいたのは事務所の真裏にあるマンションだった。通勤に便利で、ハウスキーピングなどのサービスもあり、男のひとり暮らしにはちょうどいい。もちろん、引っ越す予定など全くなかった。

当初、如月はもちろんのこと、事務所内外の誰にも夏海との関係を知られてはいけないと考えていた。

だがそれでは、夏海に近づく悪い虫を排除することができない。

聡は考えた挙げ句、入社して丸一年を機に、夏海を自分の専属秘書にしていた。夏海の席を事務スペースから自分の部屋に移し、聡の監視下に置く。秘書であれば同行していても怪しまれない。出張に連れて行くことも簡単だ。

しばらくは浮かれていたが、泊まりの出張などそう多いわけではなかった。もっと夏海を抱きたい。だが、彼女のアパートまで押しかけては、まるで聡から求めているようだ。

とはいえ、オフィスに近い今のマンションに、夏海を連れ込むわけにはいかない。

考えた末、聡は引っ越しを決めた。夏海を専属秘書にして、わずか三ヵ月後のことだった。

彼女にマンションの合鍵を渡したのはこのときだ。

それまでは週二回程度ホテルで会っていたのが、引っ越しを機に、週三回、四回と増えていき……。

聡の人生で、ここまで女性を求めたことはなかった。たとえ結婚したときですら、仕事や勉強を優先していたように思う。

夏海のことになると、何より優先するはずの仕事ですら言い訳として利用している。何より、社会人としての常識やルールまで綺麗サッパリ消えてしまうのだ。

そしてとうとう、夏海をマンションに呼びつけるだけでは物足りなくなり、一緒に住み始めるのだが——。

聡が夏海との関係に思いを巡らせていたとき、タクシーは一条邸の前に停まった。

第二章　それぞれの傷

「お帰りなさい、兄様」

聡が実家に帰ると、何時であれ、真っ先に飛び出してくるのは妹の静（しずか）だ。

静はひと回り年下の二十三歳、音大を卒業後、大学院に進みピアノを専攻している。

聡には二歳下の弟、稔（みのる）と四歳下の弟、匡（ただし）もいた。だが、末っ子でひとり娘、しかも兄弟と歳が離れているとあって、静のことは特別に可愛いがってしまう。

そんな静も兄たちの中で聡のことを一番に慕ってくれる。聡が週に一度でも実家に戻るのは、この静と母がいるためだ。

静はシャワーのあとだろうか……日本人形のようにきっちりと肩で切り揃えた髪が、しっとりと湿っている。

本人は染めたくてウズウズしており、母を説得してくれと聡は頼まれていた。

「ああ、ただいま」

「また来たのよ、智香（ともか）さん。全然デートに誘ってくれないって。夕食のとき、お父様やお母様に愚痴を言ってたわ」

聡は一瞬で気持ちが萎え、うんざりした顔で呟いた。

「……忙しいんだ」

静は兄のブリーフケースを受け取り、階段を上りながら部屋までついて来る。

スーツのボタンを外し、ネクタイを緩めながら、聡は自分の部屋に足を踏み入れた。

「ふーん、忙しいねぇ……兄様の身体から女の匂いがするわよ。ホテル帰りなら、シャワーくらい浴びてくればいいのに」

静はからかうような口調で言い、聡の顔を見上げている。

驚いたのは彼のほうだ。まさか、静の口からそんな言葉が出るとは思わなかった。

「静！　若い娘がそんな冗談を言うんじゃない」

「はいはい、わかりました。ホント、兄様もお父様と一緒ね。でも――私はいいけど、そのまま智香さんに会うの？」

「まだいるのか？　もう一時過ぎだぞ」

「お母様が、遅くなったから泊まっていきなさいって、客間を用意してたわ。兄様と同じ部屋のほうがよかった？」

聡からジロッと睨まれ、静は肩を竦めると聡の部屋から出て行くのだった。

三年前、聡はある女性と婚約した。

それはちょうど、新しいマンションで夏海との逢瀬に物足りなさを感じ始めていたころだった。

『婚約は父親の顔を立てて、便宜上だ。二、三ヵ月で破談にする。俺が結婚を望んでないことは、君が一番知ってるだろう？』

聡との結婚を望む女性は大勢いる。契約を切られたくなければ、もっと自分に尽くせ。たとえば、一緒に住んで身の回りの世話をするなら、融資とは別に家政婦としての給料も払おう。

夏海の不安を煽ったあと、マンションに引っ張り込むための画策とも言える言動だった。

聡の思惑どおり、婚約から三ヵ月後、性格の不一致という理由で婚約解消が成立したが、その裏には複雑なやり取りもあった。

まず、相手の女が聡と夏海の関係を調べ上げ、結婚前に清算するよう求めた。

しかし、聡もその道のプロである。女の異性関係を徹底的に調べ上げ、大学時代には教授と、そして現在は会社の上司と不倫関係にあることを探り出した。

独身の聡に交際中の女性がいてもスキャンダルとは言えない。だが、不倫は立派な不法行為だ。

結果、聡の希望どおり、相手から婚約の解消を申し入れてくれ——さらには夏海をマンションに住まわせる、絶好のきっかけとなった。

そして現在、聡はまた夏海以外の女性と婚約直前の状況にある。

静が言っていた、笹原(ささはら)智香と見合いをしたのはこの春のこと。

聡の母、あかねのお茶仲間の紹介で見合いがセッティングされた。

智香の父親は個人病院を経営する医師だ。智香自身は子供好きのため、自宅で幼児向けの英語教室を開いている。外資系の会社に秘書として勤めた経験もあり、英語、ドイツ語が堪能で、聡の妻として申し分ない、というのが母の意見だ。

（しかし参ったな。今度はこんなに手こずるとは思わなかった）

聡にとって見合いの理由は三年前と同じだ。

夏海に対する性的関心は、何年経っても弱まる気配を見せない。そんな聡の執心を、夏海に気づかれては、後々まずいことになる。

事実はともかく、聡に余裕があるところを夏海に見せつける必要があった。

相手は誰でもよく、渡りに船とばかり智香との縁談を利用したのだ。

ところが、今回はどれほど調査しても、破談にできるような問題が見つからない。

一度婚約を解消しているが、理由はありきたりのもので、とくにスキャンダルとは言えない。学生時代から社会人を通じて、男と遊んだ様子もなければ、大きなトラブルも起こしてはいなかった。

見合いから三ヵ月、母は週末ごとに智香を家に呼び、デートに誘うように、とうるさい。そのせいか、智香も最近では婚約者然として一条家に出入りしている。このままでは近いうちに、正式な結納に持ち込まれる可能性が高い。

あらゆる既成事実を避けようと、これまではなるべく仕事を入れていた。

しかし、今週末は母の弟——叔父の会社の労務関係について相談に乗って欲しいと言われ、渋々帰宅したのだった。

『智香さんなら、いい奥さんになってくれるわ。同居も快諾してくださったのよ。まあ、新婚さんのうちは、ふたりであなたのマンションに住みなさいな。うちには匡さんも静さんもいるし……でも四～五年経てば、ふたりとも独立しているでしょう。あなたたちにも子供が生まれているころじゃないかしら？　そのころにはお父様も七十近く、わたくしも六十歳を超えているから、そろそろ戻ってきてくれても……』

前回帰宅したときも、母の口から出るのはそんな話ばかりだった。ここまで母には心配のかけ通しで、どうも強く出られない。

聡にとって胃の痛い話だ。

『会社を継がない僕が戻るのは変でしょう？　稔がここに戻って一緒に住むべきだ』

『もちろん、わたくしもそれがいいと思っていますよ。けれど……』

稔は反乱を起こした兄に代わって父の会社に入り、後継者になるべく努力している。聡から見ても社長にふさわしい実直な男だ。

プライベートでも、父の薦める相手と五年前に結婚。だが子供だけは、努力で乗り越えられるものではなく……。

母もそれがわかっていて言葉を濁していた。

『じゃあ、匡が結婚してここに住めばいい。それとも、後継者にこだわらないなら、最近は娘夫婦と暮らすのも流行ってるそうですよ』

『……聡さん。そんなにわたくしたちと住むのが嫌なのかしら？　それとも智香さんに不満があるの？　だったら』

『そうは言ってません。ただ、結婚には懲りているだけです』

最初の結婚の話をすると、母は一応引き下がる。

『お父様もわたくしもね、何もあなたに好きでもない相手を押しつけようなんて考えていませんよ。ご自分で見つけたいと言うなら、そうすればいいのよ』

『わかってますよ、母さん』

文字どおりポーカーフェイスで穏やかに微笑む。聡は家族に対しても滅多に感情は見せない。以前の彼はこんな笑い方はしなかった。

最初の結婚に失敗したとき、聡の中で何かが壊れたのである。

☆　☆　☆

十三年前、大学四年の冬、聡は五歳年上の遠藤美和子（えんどうみわこ）と知り合った。

聡がスキーで骨折したとき、入院した病院のナースだった。献身的な介護に惹かれ、聡は退院と同時に交際を申し込む。

男子校に通い勉強ひと筋だった聡にとって、美和子は初めての女性。二十二歳の聡は夢中になったが……あとになって思えば、あれは恋というよりもセックスの持つ魔法にすぎなかったのかもしれない。

しかし、このときの聡はそれを愛情と取り違え、出会って三ヵ月でプロポーズし、ふたりはすぐに入籍した。

とはいえ、聡はまだ大学生。当然ながら両親は大反対するが、恋に溺れた男はそんな両親と縁を切ってしまう。

結婚から三ヵ月後、聡はあらかじめ決まっていたハーバードのロー・スクールに入学した。

彼は当然、妻にマサチューセッツ州まで同行を求める。しかし――。

『私はナースの仕事が続けたいし、離れていても……あなたのことは信じてるわ』

聡は妻に二年で戻ると約束して単身渡米。彼は非常に誠実な夫だった。ボストン近郊に住み、金髪美人の誘惑には見向きもせず、ひたすら勉強に励む。

そんな聡に思わぬ一報が入ったのは、渡米から半年後のことだった。

一条家の顧問弁護士から連絡があり、

『実は……奥様はご結婚なさった直後からたびたび一条邸を訪れ、お母様にお金を無心なさっておられます』

思いもかけない話だった。

母は聡に恥を掻かさないため、金を渡してきたと言う。だが、聡の渡米後は金額が大きくなり、とうとう父に知られてしまった。父は怒り、美和子の身辺調査を命じ――。

『そんな馬鹿な……金は充分に渡している！』

聡にはオンライントレードで稼いだ相当な資産があった。

確かに、一条家の財産に比べれば微々たるものだ。だが、聡が毎月送金する金額は、仮に妻が働かずとも食べていくのに充分な金額だった。

血相を変えて反論する聡の前に、弁護士は調査書類を差し出した。

『聡様には残念な結果でした』

そこには美和子の浪費と不貞の証拠が揃っていた。

だがワンマンな父なら、長男を思いどおりにするためなら何をするかわからない。聡はその書類を父の捏造と決めつけ、帰国して美和子の住むマンションに向かった。

見慣れたはずの玄関に、女物のハイヒールが一足……美和子の物だろう。問題はその横に並んだ、見慣れぬ男物の靴だ。

美和子は聡の帰国を知らない。しだいに速まる鼓動を抑えながら、彼は寝室のノブを回そうとして……手を止めた。

『冗談じゃないわ。一億や二億のはした金で別れられるもんですか！』

『へえ、旦那の実家はそんな金持ちなんだ？』

『まあね。長男だし、父親がポックリ逝ったら大金が転がり込んでくると思ったのに。財産は放棄して弟たちに譲るって言うのよ！　お金がなきゃ、誰があんな坊やの相手をするって言うの？』

　聡は自分の耳を疑った。

『ま、世間知らずの坊やなのは確かだな』

『二年待ってくれって言うのよ、笑っちゃうわ。あーあ、もっと楽ができると思って、我慢して童貞坊やに手ほどきしてあげたのに』

『若いから、俺よかパワーはあるだろ？』

『ソレだけよ。テクもないし、早くて……ね。アレで私をイカせてるつもりなのよ』

『大女優だな』

『ベッドの上では、ね』

淫靡な笑い声が聡の頭に響いた。

直後、会話が止まり、聞こえてきたのは……。

聡はそのままマンションを飛び出した。彼は離婚届にサインして、その足で日本を発ったのである。

だが……聡の失態は、そこで終わりではなかった。

美和子はすぐさま聡を追ってきた。

あなたが傍にいなくて寂しかった。五歳も年上であることが不安だった。そこを悪い男につけ込まれたのだ。そんな言葉を口にしながら、美和子は大粒の涙を流した。

そんな彼女の手管にかかり、聡の自制心は実に呆気なく崩れ去る。

美和子は数日間をボストンで過ごし、帰国した。その二週間後、聡は父から美和子の妊娠を聞いたのである。

これでは離婚は難しい。おまえは欲望に負けて一生を棒に振った。おまえの子供なら魔女のような女に骨の髄までしゃぶられるだろう――父はそう言って聡を責めた。

その半年後、月足らずで生まれた子供は死産だった。

検査の結果、聡の子供でないことが判明し、美和子とは離婚が成立する。だが、慰謝料と財産分与で彼女には億単位の金を支払った。

不貞を働かれたにもかかわらず、聡が支払うことになった理由は――美和子の妊娠発覚後、聡は一度も妻を気遣うことなく、複数の女性と関係を持った。それが早産を誘発し、結果、美和子は子供を失うに至った――というもの。

そして、このときのことが原因で、聡と父の間には修復不可能なほどの溝ができてしまうのだった。

☆　☆　☆

静に言われたからではないが、シャワーを浴び、聡はふたたび階下のリビングに下りて行った。

美和子のことを思い出し、聡の胸に苦いものが広がる。

女が聡に求めるのは金だけだ。夏海も変わらない。聡に、彼女の母親の入院費用を出す金がなくなればふたりの仲は終わる。あるいは、彼女が金を必要としなくなれば……。

優秀な夏海のこと。重荷がなくなればすぐにも司法修習を受け、弁護士の道へと進むだろう。美和子は聡に黙って看護師を辞め、怠惰な生活を好む女だった。だが夏海は違う。好きでもない男の言いなりに脚を開き続ける女ではない。

金だけではいつまでも夏海を縛ることはできない。

不安はそれだけではなかった。もし、夏海に子供ができれば……。

我が子を非嫡出のままにしておける聡ではない。そして、日本の法律は基本的に母親の味方だ。夏海は当然のように聡の妻となり、桁違いの金を自由できる。

そうなれば、夏海が聡に従う理由はなくなってしまう。

父はまた聡を蔑み、『二度までも欲深な女の罠に落ちた愚か者』と嘲笑うのは目に見えている。

(あんな思いはもう御免だ！)

誰もいないことを願いながら、聡はリビングのドアを開いた。

「お帰りなさいませ。聡さん」

数日前、母が聡を摑まえ、小言を言った同じソファに智香は座っていた。

ショートボブで毛先を緩く内巻きにしている。お嬢様らしく見せたいのだろうが、聡にはわざとらしく見えてならない。濃い目に入れたチークも滑稽に思える。

さらには、媚びるような上目遣いには不快感しか覚えず……。

はっきり言えば、智香のすべてが気に入らない。

「もう深夜ですよ。少しは人の迷惑というものを考えたらどうです？」

聡は明らかにぞんざいな態度で接する。

派遣の秘書に同じような口調で声をかければ、明日には辞表を出して来るだろう。それほどきつい声音だ。

だがよほど鈍いのか、智香にはまるで通用しなかった。

「あら、ごめんなさい。でも、二週間もお会いしてなかったんですもの。こんな時間までお仕事なんて……。ああ、誤解なさらないで。私はただ、あなたのお身体が心配で」

「用件をどうぞ」

放っておけば延々と話し続ける女だ。聡は遠慮せず、話の腰を折る。

智香は咳払いをひとつすると、早口で話し始めた。

「式の日取りですけど、秋か冬くらいにはどうかと思いましたの。父の友人がTホテルの支配人とお知り合いで、大安の土日でも融通を利かせていただけるとか。聡さんのご両親にお伝えしたら、とても喜んでくださって。聡さんがお忙しいようなら、私とお義母様で準備させていただこうと……」

「申し訳ないが、具体的なことは何も考えていません。外資系の企業の参入ラッシュで、手が空かないんです。お急ぎなら他を当たってください」

「急いではおりませんわ。ただ、聡さんはどうして私と婚約なさったんですの？」

「お言葉ですが、私はあなたに結婚を申し込んだ覚えはありません。両親が何を言ったかは知りませんが、見合いをしただけで婚約者を名乗っておられるのはそちらですよ」

「……それもそうですわね。では、まず正式な結納の日取りを決めませんと」

智香がリビングを出たのを見届け、聡は大きくため息をついた。

翌朝、聡は朝食の席に着くなり父から命令される。

「来週の、圭介くんの結婚披露宴、智香さんと一緒に出なさい」

四人兄妹の父、一条実光（さねみつ）は、祖父から引き継いだ一条物産に多角的経営を取り入れ、巨大複合企業に成長させた。日本経済界の最前線に立つ人物だ。

「急に言われても。智香さんもご迷惑でしょう」

冷ややかな声ではあるが、聡は無表情のままだ。

そんな聡をどう思ったのか、ニコニコしながら智香は答えた。

「とんでもありませんわ、聡さん。私のことはご心配なく。昨日お聞きして、ぜひ出席させていただきます、とお返事いたしましたから」

母も笑顔を浮かべている。

どうやら、昨日のうちに決まっていたことらしい。

「一条家の祝い事はTホテルと決まっておるのに……。花嫁の希望でNホテルにしたそうだ。若い者の好きにさせたら、ロクなことにはならん。まったく、実春（さねはる）も甘いな」

実春は父の弟で、花婿の圭介は実春の長男だった。聡にとっては従弟にあたる。

鼻を鳴らし、不満を露わにする父に智香は同意の声を上げた。

「本当にそうですわ。私たちはお義父様のおっしゃるとおりにしようと思ってますの。実は昨夜、聡さんと話したのですけれど……まず、Tホテルで正式な結納をしたほうがよいと聡さんが言ってくださって」

（何を言い出すんだ！　この女は！）

朝食のトーストが咽に詰まりそうになる。

「あらあら、本当に？　そういうことなら、わたくしも大賛成ですよ」

間髪入れず母が賛同し、父も同意の声を上げた。

「ほう、ようやく聡も世間並みの考えになったか？　なら、圭介くんの披露宴はいい機会だ。智香さんを婚約者として、親戚にお披露目しよう」

忌々しい思いで、聡は智香に視線を送る。

これまで何度となく『再婚についてはじっくりと時間をかけて考えたい』と答えてきた。だが父は、聡が何を言っても頭ごなしに叱りつけてくる。

聡は口を開きかけ……ここで最初の結婚の失敗を繰り返されたら、ポーカーフェイスでいられる自信がない。

まずは、言質（げんち）を取られることだけは避けたい。聡は無言で席を立った。

追いかけてきた母から、叔父の労務相談の件は日をあらためて、と告げられ……案の定、という思いに苛立ちが募る。

聡は智香を追い払う術を考えながら、階段を上がろうとしたとき、

「その顔でみんなの前に出たらいいいんじゃないかな？　結婚したくありませんって書いてあるよ」

上から声が降ってきた。

末弟の匡だ。二階から階段のほうを見下ろしている。

「そういうわけにもいかないんだ」

「俺なら、彼女はパスだな。一見、尽くす女っぽいけど……あなたのためって、思い込みが激しい上に、裏では計算高いっていう厄介なタイプだよ、きっと」

「そうなのか？」

単に頭の回転が鈍くて、空気の読めないお嬢様だと思っていたが、匡は違うと言う。

「兄貴って女心にニブ過ぎるよ。頭は切れるのに、なんでわかんないわけ？」

呆（あき）れた口調に聡はムッとして言い返した。

「悪かったな。だったら、女心に敏（さと）いおまえがさっさと結婚して、子供をたくさん作って、父さんや母さんを喜ばせてやってくれ」

要領の悪い長男や生真面目が過ぎる次男に比べ、匡は気ままに女性と遊んでいる。

たまにふた股騒動を起こしたり、女性同士の揉め事に巻き込まれたりしているが、責任問題にまでは発展していない。聡には羨ましく思えるときもあった。

だが、そんな匡も今年の終わりには三十二歳だ。二十七歳の智香となら似合いだと思ったが、『パス』と言われてはどうしようもない。

「そうなんだよ。このままいくと、次は俺だしなぁ。親父好みの厄介な女を押しつけられるくらいなら、彼女だったら結婚してもいいかなぁ……なんてね」

「へえ。おまえにそういう相手がいたのか？　だったらさっさと結婚してくれ」

「じゃあ兄貴からも、夏海さんに探りを入れてみてくれよ」

「——誰だって？」

思ってもいないところに夏海の名前が出て来て、聡は驚きを隠せない。

「夏海さんだよ、兄貴の秘書の」

「それは……知らなかったな。おまえが彼女と……」

聡らしくない、上ずった声で尋ねる。

「まだお茶を飲んだくらいだけどね。でも、清楚なわりに色っぽいじゃない？　エプロンも似合いそうだし」

「織田は……結婚はしないと言っていた」

「ってことは決まった相手はいないんだ。親父に見合いって言われる前に、ちょっとマジで頑張ってみようかなぁ」

聡の顔色が蒼白になったことにも気づかず、匡は背中を向けた。頭の後ろで腕を組み、軽やかな足取りで立ち去っていく。

奥歯がギリギリと音を立てるほど、聡は歯を食い縛っていた。

匡は可愛い弟だ。しかし、夏海だけは渡せない。いや匡だけでなく、他の誰にも譲る気はなかった。

☆　☆　☆

その日、夏海はまず渋谷に出た。そこから山手線で新宿に向かい、JR中央線に乗り換える。新宿からは一時間ちょっと……。朝八時前にマンションを出て、九時半ごろ、夏海は神奈川県の相模湖近くまで来ていた。

駅のホームに立つと時間を確認する。いつもの時間、いつもの電車に乗りやって来たのだから間違いはないだろう。だが、時計をチェックせずにいられないのは夏海の癖だった。

跨線橋を渡ると木造の駅舎がある。改札を通り抜けたところに二十段ほどの階段があり、そこをゆっくりと下りて行く。

バス停には『みどり温泉病院行き』と書かれたマイクロバスが停まっていて、夏海は小走りに駆け寄った。

都心より一、二度、気温が低く感じる。空気が清んでいるせいかもしれない。

舗装された道路は一本だけ。高層ビルなど皆無で、見渡す限り緑の森か田畑に囲まれている。所々に家は見えるが、隣まで五百メートルはありそうだ。

母の幸恵が倒れ、店は営業できなくなった。

夏海は母とふたりでコーポに引っ越すが、母の病名を聞くと、近所の人たちは露骨に嫌な顔をした。火事を起こされては困る、と入居を断られたこともある。結局、半年ほどの間に三度も引っ越す羽目になった。

今、夏海の住民票があるアパートは、母の入院後に『とにかく安い部屋を』と借りたものだった。

『事務所に届け出る住所がいる。住民票を移すわけにはいかないからな。それに、契約を解消したとき、君には戻る家が必要だ』

そう言って、契約のお金とは別にアパートの家賃と光熱費は聡が負担していた。必要経費だという。

聡は当初、週のうち三日は成城の実家で夜を過ごしていた。しかし、その回数はしだいに減り、今年に入ってからは毎晩マンションに戻ってくる。

昨夜のように、実家に泊まる場合は、決まって警備員に夏海がひとりであることを告げ、特別に警戒を頼んでいる。それも不審者に対する注意というより、夏海の夜間外出が気になるようだ。

聡と愛人契約を結んで三年と八ヵ月、一緒に暮らすようになって丸三年が過ぎた。

彼は恐ろしいほど独占欲の強い男だ。夏海のことを、首輪をつけて繋いでいるかのように扱う。セックスのたびにキスマークをつけるのも、独占している証なのだろう。

聡は夏海が彼の言うとおりでいるとすこぶる機嫌がよい。

『いい子だ。俺は抱きたいときに君を抱く。だが、愚かなことは考えるな。万一のとき、傷つくのは君だけだ』

愛人契約を交わし、真っ先に連れて行かれたのが病院の婦人科だった。それ以降、夏海はずっとピルを飲み続けている。

女は信用できない——そう口にしながら、面倒だからと避妊しない聡の本心を、夏海は量りかねていた。

マイクロバスは病院の敷地内に入った。

広い駐車場の横を通り抜け、建物の前に横づけされる。

乗客はほとんどが入院患者の家族だが、ひとりで見舞いに来ている若い女性は、見える限りで夏海ひとりだった。

ここは人手も多く温泉まである立派な療養施設だ。一般家庭では捻出が難しいほどの費用が毎月かかる。入所時はそれ以上だ。

そんな病院に母を入院させ、四年近く、毎月ここを訪れる夏海のことを知らない職員はいなかった。

「おはよう、なっちゃん！　お母さんがお待ちかねよ」

看護師や介護員の人たちは、みんな夏海に笑顔を向けてくれる。一流の弁護士事務所に勤める彼女を、高給取りの弁護士だと思っているからだ。国立大学を卒業して、司法試験も一度で合格した、と聞けばそう思われても無理はない。

夏海が嘘をついているわけではない。

ただ、真実を話していないだけで、話す必要もなかった。

ここは普通の病院のような独特の匂いはしない。どちらかと言えば無臭に近く、清潔感が溢（あふ）れる空間だった。

大きな窓からふんだんに光の射し込む廊下を歩き、夏海は母に部屋まで辿（たど）り着く。

〝織田幸恵〟

プレートの名前を確認して夏海はドアを横に押し開く。

「おはよう。母さん」

「おはよう、なっちゃん。あら……今日も制服を着て来てくれなかったの？　母さん見たかったわ」

夏海は笑顔の母に答えるべく、昔を思い出して笑みを浮かべる。母の中で夏海は、今年の春に中学生になったばかりだった。

☆　☆　☆

「せっかくのお休みなんですよ。デートくらいして来なさいな」

そんな言葉で母に家を追い出され、聡は仕方なく智香を連れて都心に出た。

昼食のあとは、なるべく話さずに済む映画館に入る。二時間後、「仕事が残ってるんだ」と言い訳して、智香だけタクシーに乗せた。

昼食の間、口を開けば結納や婚約、結婚のことばかりだった。果ては式場やドレス、新婚旅行、結婚後の新居まで、智香は延々と話し続ける。

確かに、聡が何も話さないせいもあるだろう。

だが、智香は聡に意見を求めることもしない。

彼がポツリと食後のコーヒーを褒めたとき、自分はもっと美味しいコーヒーの店を知っていると言い出した。わざとらしいことに、その店はTホテルの近くだという。

あざとさが透けて見え、コーヒーも不味くなる。

これが夏海となら、聡は食後の寛いだひとときを過ごせたはずだ。そして、次に夏海が彼のために淹れてくれるコーヒーは、聡が褒めた店と同じ味がしただろう。

智香を乗せたタクシーは見えなくなり、聡は大きく息を吐いた。

軽く頭を振り、時計を見る。まだ十六時前――帰宅は十九時を回ると夏海に伝えた。早過ぎては、聡が夏海に会いたかったようで、彼女をつけ上がらせる元となる。

聡はそんな理由をつけ、一旦事務所に向かった。

事務所には聡と如月以外にふたりの弁護士が所属している。

ヤメケンと呼ばれる、検事から弁護士に転向した五十代の武藤和弘と、聡と如月の後輩で司法修習を終えて二年目の新米弁護士、安西尚樹。

他には、五十代のベテラン事務員、西清子と派遣の秘書が三人。そして、如月の妻で事務所の経理を一手に引き受ける、如月双葉だった。

如月は大学を卒業した三年後、ひとつ年上の双葉と結婚した。

そのとき、双葉は妊娠四ヵ月——最近ではそう珍しくもないデキ婚だった。今ではふたりの子持ちで、来年には三人目も生まれる予定らしく、聡から見れば〝奇跡〟としか言い様がないカップルだ。

(仲睦まじい夫婦や可愛い子供、幸せな家族……俺には永遠に訪れない〝奇跡〟だな)

休日で誰もいない事務所に佇んでいると、そんな愚にもつかないことを考えてしまう。

彼は適当に仕事を片づけ、十九時ちょうどに帰宅したのだった。

「お帰りなさいませ」

優しく微笑みながら夏海が玄関ドアを開けてくれる。

夏海と暮らし始めて、聡は灯りの消えた部屋に戻ったことがない。一緒に戻るときは別だが、聡が予定時間を告げると必ずその前に帰宅し、部屋で帰りを待っているからだ。

「ああ……ただいま。いい匂いだな」

「今日はシーフードカレーとカリカリベーコンのサラダです。コンソメスープも作ったんですよ」

「随分時間があったんだな。早く戻ったのか？」

聡の質問に夏海の笑顔がフッと翳った。

エプロンの裾で手を拭きながら、夏海は答える。

「最近、たまに母が私の名前を忘れるんです。〝あきちゃん〟って姉の名を呼んで……。夏海よ、って言っても、しばらく思い出してくれなくて。きっと、子供の中でわたしが最初に消えてしまうんでしょうね」

「……夏海……」

「何度も〝あきちゃん〟と呼ばれて、つらくなって……。今日は昼過ぎには向こうを出たんです。だから、カレーもスープもじっくり煮込む時間がありました」

夏海は切ない顔で微笑みながら、聡が脱いだスーツの上着を受け取り、クローゼットのハンガーにかけた。

ここ数ヵ月、母親を見舞う時間が短くなる一方だ。よほどつらいのだろう。

だが、聡にできることは何もない。いや、すでにできることはすべてしている、と言うべきか。

「君の兄姉は何をやってるんだ？　母親の見舞いには来ているのか？」

「いえ……先生と住んでることを姉に知られて……軽蔑されたみたいです」

兄の慎一は母親が倒れたときと変わらず、大阪で暮らしている。妻の実家も大阪にあり、東京に戻る気はないようだ。

一方、姉の秋穂は短大を卒業し、親戚の紹介で名古屋の医療機器の会社に就職した。そして二年前に結婚。相手は名古屋市内に住む二十歳も年上の開業医だった。

娘ふたりの花嫁姿を楽しみにしていた母親は、結婚式も挙げないという秋穂にがっかりしたという。

だが、そんな母親に秋穂がぶつけた言葉は……。

『誰のせいで、こんな結婚をすると思ってるの？　付き合ってた彼は、母さんの病気を知って逃げ出したわ。第一、親らしく結婚式のお金を出してくれるって言うの？　兄さんのときは百万もあげたくせに……ああ、きっともう忘れたんでしょうね。――結婚にお金がかかるから、しばらく仕送りはできないわ。その分、兄さんからもらってちょうだい』

『馬鹿を言うな！　今でもどれだけキツイと思ってるんだ⁉　年寄りの医者をたぶらかしたんなら、母さんの入院代くらい出させろよ。そのために結婚したんだろ？』

『冗談じゃないわよ！　どうして、あたしが』

『ほらみろ。結局、母さんの介護が嫌でさっさと結婚したかっただけだろう？　年寄りの医者を選んだのも、自分がいい思いをしたかっただけで……』

『何よ！　妹に押しつけながらよく言うわ。長男なんだから、母さんの面倒くらい全部見なさいよ！』

『なんだとっ！』

ふたりは母親の病室で怒鳴り合いを始めたらしい。

聡がそのことを聞いたのは、ふたりが言い合いをした一ヵ月後のこと。入院費用の件で兄たちから問い合わせがきても、何も言わないで欲しいと夏海に頼まれたからだ。

不審に思った聡は夏海にしつこく尋ねた。

すると夏海は、

『一条先生の紹介で、以前より少し安くしてもらえることになったの。だから、ふたりが大変なら仕送りはなくても大丈夫だから……』

兄姉のケンカを止めるため、そんな嘘をついてしまった、と恥ずかしそうに打ち明けてくれたのだった。

だが、このことがきっかけで、秋穂は夏海と聡の関係を怪しむようになったという。

そして昨年末、上京した秋穂は、連絡もせずに夏海のアパートを訪れる。だが、そこに人の住んでいる気配はなく……。

秋穂は夏海を問い詰め、無理やり聡との関係を聞き出した。

『おかしいと思ったのよ。でも愛人なんて、母さんが知ったらショックでしょうね。父さんも墓の下で泣いてるわ。あんたはそれで親孝行してるつもりでしょうけど』

夏海を責めた上、秋穂は慎一にまで報告したらしい。

『なんて真似してくれたんだ！　女房の親に知られたら、今度こそ離婚されちまう。そこまでしてくれなんて頼んでないぞ。それくらいなら、うちで母さんを引き取ったんだ！』

多少のことでは連絡も寄越さない慎一が、そんなことを言うために、わざわざ電話をかけてきたという。

ふたりがそれ以降、見舞いに来たという話は聞かない。

「わたしのことは、なんと言われてもかまいません。でも、せめて半年に一回くらい、母に会いに来て欲しいんですけど」

「馬鹿を言うな！　妹に母親の面倒をすべて押しつけながら、文句を言う資格がどこにある？　だったら君と同額を負担するか、母親を引き取って面倒をみればいい。違うか？」

言いながら……夏海の兄が本当に母親を引き取ったら、一番に困るのは聡だった。

なんと言っても、夏海を縛る鎖がなくなってしまう。

「そう、ですね。でも、兄も家族を抱えて必死なんです。姉も後妻に入ったばかりで……洋服一枚、自由には買えないそうです。わたしは……先生がよくしてくださるのでこんな凄い部屋にも住めますし、何も不自由はしていませんから」

母親の入院費用で苦しんでいるはずの妹が、いつも超一流品を身につけている。

法律事務所の給料はそんなにいいのか、それともセレブな恋人でも見つけたか……姉が疑問の目を向けたのは、そんな女性特有の嫉妬からだった。

夏海がその辺りに気の回る女なら、わざとみすぼらしい服装で会いに行っただろう。

「好きでもない男に……抱かれ続けることは苦痛じゃないのか？」

愚問だとわかっていて、聡は尋ねてしまう。

夏海はうっすらと頬を染めながら、

「先生のことは尊敬していますし、それに……苦痛じゃありません。愛する人はいませんし、結婚願望もありませんから。秘書の資格も取れて、女としての……悦び……も教えていただけましたし、先生が結婚されるまでこうしていたいです」

夏海は凛とした姿勢で微笑んだ。

そんな彼女の態度は、聡の中に小さな嵐を巻き起こす。

今、夏海を引き止めているのは、母親の入院費用と、聡によってもたらされるセックスの悦びのみ。

ここでもし、匡に結婚を申し込まれたらどうするだろう？

匡は一条グループ本社の最年少取締役だ。入院費用くらい楽に負担できる。セックスの経験も聡以上であることは疑いようもない。匡に抱かれたら、夏海はさらなる悦びを知ることになる。

匡から結婚を前提とした交際を申し込まれたら……夏海は聡の愛人役などさっさとやめ、匡のほうを選ぶに決まっている。

夏海は妊娠に関する機能も全く問題ない。ピルを服用するときに検査済みだ。匡と結婚したら、両親にとって待望の孫をすぐにも産んでくれるだろう。

そうなれば、聡に対するプレッシャーもなくなり……。

（クソッ！　冗談じゃないぞ、夏海は俺の女だ。匡なんかに渡すものか！）

「結婚は……しない。どんな女とも結婚する気はない。君が、俺の言うとおりにすると言ったんだ。そう簡単に、俺から離れられると思うな」

「……はい」

ネクタイをほどいて夏海に手渡した直後、手首を摑んで腕の中に抱き寄せ——強く口づけた。

☆　☆　☆

聡のキスに応えながら、夏海は胸の奥が痛かった。

彼女が口にした言葉は真実とは少し……いや、かなり違う。本当は愛している。どうしようもないほど、どんな要求にも逆らえないほど、聡のことを思っていた。

この部屋にひとりでいるときだけ、夏海は自由だ。そのときは、自分が聡の妻になった気分でいられる。料理も洗濯も掃除も……愛する夫のためなら苦痛なわけがない。

普段は『一条先生』だが、セックスのときだけは『聡さん』と呼ぶ。聡がそれを許してくれた。

そして聡自身も、勤務中や人目があると『私』と言うが、夏海とふたりきりのときは『俺』と言うようになった。

だが、彼に結婚の意志はない。

少しでも夏海の本心を知れば、すぐに関係は解消、事務所もクビだろう。ブランド品にも快適な生活にも未練はない。母の入院費用は重要な問題に違いないが……何より、聡に二度と会えなくなる。夏海はそれを考えるだけでつらかった。

「だが、匡とは会ってるんだな?」

「え? あ、あの……先生の弟さんの?」

「奴以外の〝ただし〟という男に心当たりがあるのか⁉」

唇を離した途端、苛々した口調で詰問され、夏海は戸惑う。

「ありません! 匡さんとは、事務所に先生を訪ねて来られたときにお会いしただけです。一度、ビル内のカフェでコーヒーを飲みましたが……ビルから外には出ていません」

「匡は君に気があるようだ。だが、奴の誘いには絶対に応じるな。いいな!」

聡は夏海の髪に手を差し込み、後頭部を支えて上を向かせた。その行為にも彼の視線にも、いつもと同じ独占欲を感じる。

「わたし、わたしは、そんな……匡さんとなんて」

「当たり前だ。兄の愛人を妻に選んだりしたら、匡は笑い者になる。どんなことをしても阻止するぞ」

夏海に答える猶予も与えず、聡はふたたび奪うようなキスをした。

彼女の理性も自尊心も、激しいキスで根こそぎ奪い取っていく。聡にもたれかかり、夏海はされるがままになっていた。

聡の指は夏海のスカートをたくし上げ、そのまま、下着の上から撫で擦る。中指はその部分をゆっくり往復し、突然、最も敏感な部分を指で挟んだ。

「あっ、だめっ！　待って、あの」

夏海は慌てて少し身を引いた。

「ダメ？　なるほど、ココはダメなわけだ」

「下着が……汚れるから、やめて……」

「強く抓(つま)んだら、下着を濡らすほど気持ちがいい、と。君が匡の申し出を受けたら、そのことも報告しよう。開発する手間が省けて、奴も喜ぶだろうな」

「ダメェッ！　さとしさ……ん」

夏海は前屈みになり、聡のシャツを摑む。その瞬間——聡はスカートの下から指を抜き、夏海から離れた。

「おっと、ここまでだ。簡単にはイカせない。さあ、晩飯にしてくれ」

夏海は脚をもじもじ動かした。ショーツの中が気持ち悪い。身体の奥から快感の証拠が流れ出てくる。

火照る身体を懸命になだめすかし、夏海はキッチンへと向かうのだった。

サッとシャワーを浴び、食事が終わるまで、聡は必死で我慢した。

夏海は一分一秒でも早く抱かれたがっている。だが、聡も同じだと知られるわけにはいかない。彼はやせ我慢を続け、わざと書斎に籠もった。

そしてある程度時間が過ぎたあと、

「夏海、シャワーを浴びてベッドに来い」

ようやく誘いをかけたのである。

十分後、バスローブだけを羽織って夏海はベッドサイドまでやって来た。

「脱ぐんだ」

そのひと言で、ピンク色のバスローブが夏海の足下に落ちる。

露わになった全身を、聡はベッドに横たわったまま舐めるように見続け……視線で犯す。

見る間に夏海の呼吸は荒くなる。

「ちゃんと身体は洗ってきたのか？」

「……はい」

「来いよ。俺が確認してやる」

その言葉に夏海は頬を染めつつ、聡の上に跨った。

クローゼットの前で、指だけで弄んだ場所が目の前にある。次は当然、指だけでは済まなかった。

聡の唇が夏海の隠された場所に触れ、ゆっくりと舐め回した。指で押し広げ、吐息とともに舌先を窄めて中を探る。

そこは瞬く間に、奥から溢れ出てくる蜜で満たされた。

「ん……ん……あぁ」

「洗った意味がなかったな。もう、こんなだ」

「それは……言わないで」

指で嬲られた名残があったせいだろう。夏海は唇を噛みしめ、微妙に腰を揺らすといつもより早く絶頂を迎えそうになった。

だがその直前、聡はピタッと愛撫を止めた。

「ああ……もう、やぁ……お願い」

「お願い？　何を、だ？」

「お願い……イカせて。わたし……もう」

息も絶え絶えに懇願する夏海を見るのは、この上ない悦びだ。

「どうすればイクんだ？」

「……もっと、舐めて……」

顔を真っ赤にして、消え入りそうな声でねだる。

「いやらしい女だ」

そう口にしながら、心の中では素直な夏海が可愛らしくて堪らない。求められることで、自分に男としての価値があるように感じられる。

聡はむしゃぶりつき、大きな音を立てて吸い上げた。

二本の指をぬめりの中に埋めていく。夏海の背中が反り返り、太ももが痙攣した。同時に、夏海の中に入り込んだ指にもきつい締めつけが伝わってきた。

（ああ、もう、こっちが限界だ）

聡は指を抜くと夏海を仰向けに押し倒した。そのまま腰を持ち上げ一気に貫く。

「やっ……やっん、あ、あぁ、ああーっ！」

寝室に、夏海の泣くような声が響き渡った。彼女の両脚を肩に乗せ、聡は激しくリズミカルに、蜜窟の天井を突き上げる。

昼間、智香とのデート中からずっと想像していた。

快感に顔を歪め、身悶える夏海の姿を。彼女の躰を思う様に蹂躙する。それは毎夜、マンションで行われていることだ。

だが、聡は満たされない。どれほど抱いても、抱き足りないのだ。挙げ句の果てに、人目を盗んでオフィス内での情事に及ぶようになり……。

それがいかに屈折した愛情表現か、聡自身も気づいてはいなかった。

☆　☆　☆

夏海は彼からもたらされた悦びが大き過ぎて、ベッドの上でぐったりと横になったままだった。

　そんな彼女から離れるように、聡は身体を起こした。

「来週の日曜……見合いした女と従弟の披露宴に出ることになった」

　ベッドヘッドにもたれかかり、不機嫌そうに言う。

「……そうですか」

「父は、親戚の前で私の婚約を発表するつもりらしい。結婚する気もないのに、諦めの悪い父だ」

　身体のあちこちに残る気だるさが……婚約の言葉に凍りつく。

　束の間の幸せすら夏海の中から消え去った。

「じゃあ、ドレスがいらなくなりましたね」

　夏海はわざと冷静な声で返した。

　ちょうど一ヵ月後、クライアントの創立記念パーティに聡は招待されていた。独身の彼はいつも秘書——夏海を同伴させていたのだ。

「あれは会社関係の招待だ。彼女には関係ない」

「婚約を発表された以上、公式な場に婚約者以外の女性を同伴しては後々問題になります。先生の名誉に傷がついては」

「婚約はすぐに解消する。前もそうしたはずだ！」

　彼女の言葉を遮るように言う。

だが、夏海も黙ってはいられなかった。

「それは……わかっています。でも、正式に婚約を解消されるまでは、同伴者は婚約者様でないと」

「俺に意見するのか？」

「いえ、そうではありません」

「Ｓ社の創立記念パーティは一ヵ月後だ。それまでには婚約を解消する。君は同伴者として出席する準備をしておけ」

聡は誰とも結婚したくないだけだ。

わかっていても、まるで夏海を選んでくれたように思え……聡に抱きつき、泣いてしまいたくなる。

「返事は？」

「あ……はい」

「そうだ。君は俺に従っていればいい」

言葉にできない愛が、ふたりの上に降り注ぐ。

聡の身体がふたたび夏海の上に重なり……忍び寄る破綻の気配は、貪欲な情熱の嵐にかき消されて行くのだった。

第三章　心の迷路

「こんにちは。ご無沙汰しています、如月先生」

聡の親友であり、共同経営者でもある如月がカフェの打ち合わせから事務所に戻ろうとしたとき、背後から声をかけられた。聡のすぐ下の弟、稔だ。

稔は系列企業、第一鉄道の社長を、本社では専務取締役を務める。三人兄弟の中では一番小柄で線が細い。普通なら若く見られそうだが、眼鏡をかけているせいか、逆に聡より年上に見られることも多かった。

「先生はやめてくれよ。なんだ、珍しいな。一条と約束か？」

「ええ、ちょっと相談があって」

如月は持ち前の人懐こさで、稔と肩を組み、親しげに話しかけながら事務所のドアを押し開けた。

中から、「お帰りなさいませ」と「いらっしゃいませ」の声が同時に上がる。

「へえ、会社の弁護士じゃなくて、兄貴に相談か……。何やらかしたんだ、稔。嫁さんに浮気でもバレたか？」

「え？　あ……いや……」

「おいおい、冗談だよ。兄貴に輪をかけて真面目なおまえさんが、そんな真似するとは思ってないさ」

稔は微苦笑を浮かべたまま、如月たちに会釈をして兄のオフィスに向かった。

「なんか……地雷踏んだんじゃない？」

ふと気づけば、如月の妻、双葉が夫の隣に来ていた。彼女はつい先日、三人目の妊娠がわかったばかりだ。実に八年ぶりの計算外だが、夫婦仲のよい証拠だろう。

「ジョークのつもりだったんだけどなぁ」

「あの稔くんが……やっぱり子供かな？」

双葉の言葉にうなずきながら、如月は返事をした。

「だったら聡より俺に相談すべきだな」

「なんで？」

「子供の作り方なら俺のほうが詳しいぜ」

「……馬鹿」

稔の深刻な事態など、知るはずのない如月夫妻だった。

☆　☆　☆

「さて、どうしたんだ？」

四人兄妹の中で一番問題を起こさず、比較的平坦な人生を歩んで来たのがこの稔だ。

それが二年前〝あること〟が判明してから、聡はたびたび稔の相談に乗ってきた。だが、彼が勤務時間内に兄のオフィスを訪ねるのは初めてのケースだ。

「悪いな。忙しいのに」

「いや」

稔は言いづらそうにしながら、ようよう口を開いた。

「実は……とうとう離婚を言い渡されたんだ」

「……そうか……」

それは聡にとって想定内の返事だった。

稔は三十三歳、妻の恵美子は三十歳。結婚して五年が過ぎた。

結婚当初、将来は稔が父の後を継ぎ、両親は稔夫婦との同居を予定していた。新婚時代は夫婦で暮らし、子供が生まれたころを見計らって一条家に入る。

そんな話を聡も聞いていたが、いつまで経っても『おめでた』の一報は届かず。

子供を望んで丸二年夫婦生活を続け、授からない場合は不妊症が疑われる。結婚三年目、稔夫婦は不妊検査を受け、結果、稔が無精子症だとわかった。

稔夫婦は最初、ふたりで乗り越えようとした。

だが、元々が政略結婚に近い見合い結婚。双方の親は孫の誕生を心待ちにしている。しかも、親からのプレッシャーは当然のように恵美子に向かい……。

すべてを話して楽になりたいと言う恵美子に、ストップをかけたのが稔だった。

『せめて、兄さんか匡が結婚して子供が生まれるまで、僕のことは知らせずにいたい』

――息子の生殖機能に問題があると知れば、母は自分を責めるだろう。今度は匡が後継者の重圧を受け、望まない結婚を強いられるかもしれない。だが、妻の恵美子にもこれ以上つらい思いはさせたくない――。

そんな相談を稔から受けたのが、今から一年と少し前のこと。

聡は双方の両親にかけ合い、稔夫婦の生活には口を出さないように頼んだ。

稔が後継者の重圧に苦しむことになったのも、元はと言えば聡の責任だ。周囲の意見も聞かず、金目当ての女に騙され、親にも迷惑をかけた。そして、勝手に傷つき、いい歳をして結婚もせずにいる。

せめて、自分の代わりに親の期待に応えようとしている稔の力になってやりたかった。

「熱烈に愛し合っていたわけじゃないけど……それなりに仲はよかったと思う。でも、もう一年以上、夫婦生活がないんだ」

不妊がわかる以前も、夫婦生活は子作りが中心だったという。

だが、稔が原因でできないとわかってからは……恵美子は稔の求めに『意味のないセックス』と言ったらしい。

稔は繊細な神経の持ち主だ。聡も似たようなものだが、稔は相手にぶつけない分、内に籠もってしまう。気落ちして、しだいに妻に対して欲望を感じなくなったと話す。

「彼女の要求は離婚だけか？」

「基本的にはね。とにかく、一日も早く別れて欲しい、そう言ってる。気持ちはわかるんだ……でも」

「えらく急だな。男ができたんじゃないのか？」

一瞬で、聡の声は冷ややかなものに変わる。答えづらそうな稔を見て、聡の疑惑は確信に近づいた。

そして稔の返事は、聡の想像以上だった。

「……妊娠、したらしい。僕と別れて、早く子供の父親と一緒になりたいそうだ」

「なんて女だ！　不倫の挙げ句、妊娠か。それを恥とも思わず、離婚を言い渡すとは、どんな神経だ⁉」

これだから女は――。

さらに言い続けそうな聡の気配を察したのか、稔は妻を庇い始めた。

「親に黙っていて欲しいと頼んだのは僕だ。そのせいで、彼女にはつらい思いをさせた。気晴らしに浮気をしても仕方ないと思っていた。でも、どうしても子供が欲しくなったらしい」

「問題をすり替えるな。子供が欲しいだけなら、非配偶者間の体外受精も可能だったはずだ」

稔夫婦はカウンセリングを受け、夫の身内からの精子提供を受けることが望ましいと言われた。

そのことを稔から相談されたとき、悩んだ末に聡は了承した。

世間を欺いたまま、我が子が弟夫婦の実子として育つのだ。正直を言えば複雑なものがある。しかし、『実子として育てるなら、せめて血の繋がった子供が欲しい』という稔の願いを叶えてやりたいと思った。

ところが、恵美子は逆に第三者の精子提供を希望した。

「僕には、どこの誰だかわからない男の子供を実子として可愛がる自信はなかった。彼女は兄さんの……身近な人間の子供は絶対に嫌だ、と。――そこだけは、どうやってもお互いに妥協できなかったんだよ」

「だから子供の問題ではないと言ってる。夫に不満があるなら、離婚してから他の男のベッドに行けばいい」

精子提供の件で子供の問題が暗礁に乗り上げ、話し合った結果、稔夫婦は子供を持たないことに決めた。

今年に入ってすぐその話を聞き、聡も内心ホッとしたのを覚えている。

「そんなことはわかってる。でも、今年の三月に三十歳の誕生日を迎えて、彼女はまた子供の話を蒸し返すようになった。嫌な予感はしてたんだ。だけど、僕が我慢して目を瞑れば、面倒なことにならずに済むって……勝手にそう思ってた」

「気持ちはわかるが不倫は不倫だ。第一、すぐに離婚しても、恵美子さんが再婚できるのは半年先だ。おまけに、再婚後に子供が生まれても、おまえの子供として籍に入るんだぞ」

離婚後三〇〇日問題である。離婚後の妊娠なら救済措置もあるが、今回は適用外のケースだろう。

「生まれたあとに、親子関係不存在確認の訴えを起こして欲しいと……」

「その事実が、子供の戸籍には一生残る。生まれる前から子供の戸籍に傷をつけるなんて……母親として失格だな」

聡の脳裏に浮かんだのは、別の女の顔だった。

その心の内が、稔に透けて見えたのかどうかはわからない。

「兄さんの戸籍にも、そんな子供の存在が記されるはずじゃなかったのか⁉」

言われっ放しの稔が聡の古傷を抉る。

直後、室内にノックの音が広がった。

「失礼いたします。お茶をお持ちしました」

夏海の声に、聡は大きく息を吐いた。

稔も同じように横を向き、目を閉じている。

まさに絶妙のタイミングだった。夏海はドアに張りつき、中の様子を窺っていたのではないか……そんなことを考えてしまうくらいだ。

「私のコーヒーはどうした？」

目の前に置かれた湯飲みを見て、聡は不満そうな声を上げた。

「十時前なのに、今日はもう五杯も飲まれておいでです。ここから先はお番茶にしてください」

「それを決めるのは秘書の仕事か？」

「はい。如月先生からも、一条先生の健康には気を配るよう言われておりますので」

「私の知らない間に、君の上司は如月になったらしい」

聡は応接室に置かれたオフホワイトのソファに深く座り直し、拗ねたような口調で言った。それを目にした稔は呆気に取られた顔をしている。

当の夏海は……聡の癇癪くらい慣れたものといった感じだ。子供の機嫌を取るように、軽くあしらってみせた。

「いいえ。わたしの上司は一条先生です。だからこそ、お元気でいていただかないと」

「わかったわかった。どうせ私は三十代半ばの中年だ。健康を盾にされたら逆らえない」

「あら、三十代半ばを中年呼ばわりしたら、双葉さんに怒られますよ」

夏海がクスクス笑いながら答えると、聡もようやく相好を崩した。

それを見て、稔もホッとしたようだ。

「織田さんは如月先生がタイプかい？」

二秒ほど、夏海の動きは止まった。だが、柔らかい笑顔は絶やさない。

「如月先生のような方は、キャリア志向の女性のほとんどがタイプじゃないでしょうか？

仕事は完璧ですが、ルールを決めてきっちり休暇も取っておられます。家族サービスもして、奥様のお仕事に対する理解もあって、あらゆる点で理想の旦那様だと思いますよ」

夏海は誰であっても長所を指摘して褒める。聡が理想かと聞かれたら、きっと同じように褒めて理想だと答えただろう。

聡はなんでもない顔を作り、番茶を啜った。

「道理で、匡には靡かないはずだ。奴は家庭的とはほど遠いイメージだからね」

「いえ、わたしには身体の弱い母がいますので。そちらが落ちつきましたら、司法修習を受けて弁護士になるという夢もあります。結婚も恋愛も考えていないんです。それに、匡さんから何かを言われたわけではありませんので……」

夏海は母の病名も、長期入院、介護が必要なことも周りには伏せている。容態が急変するような病気ではないからと言うが、実際のところは違うだろう。

そういった施設や病院の入院費用は、自己負担額が高いというのが相場だ。そうなれば当然、費用の出所を詮索される。聡との関係がバレることを恐れているに違いない。

「病気のお母さんがいるのかい？　それは大変だね。でも、自分のせいで娘が結婚しないとなったら、逆に悲しむんじゃないのかな？」

親切めいた稔の忠告に、夏海は曖昧な微笑みを返す。

それを見て、聡は軽く咳払いをした。

「稔、結婚が万人に幸福を与えるとは限らない。彼女には彼女の考えがあるんだ」

「でも、女性なら子供が欲しいと思うものだろう？　結婚はしなくても子供は産みたいって、秘書室の女の子たちも言っていたし」

「基準はひとりひとり違うんだ。自分の基準で考えるな」

「それは兄さんも同じだろう？　自分が失敗したからって、他の人間も失敗すると決めつけなくてもいいんじゃないか？」

「おまえがここに来た理由は？」

厳しいひと言に、稔は閉口した。

つい口を突いて出てしまったが……。

妻に浮気をされ子供まで作られた。稔の不妊を理由にされたら、妻を責めることもできないだろう。せめて一般論にして、妻の不貞を『仕方のないこと』と納得したいのだ。

それを『おまえも失敗したんだ』と傷つける必要などなかった。

聡は次の言葉に迷い、途方に暮れたまなざしを夏海に向ける。すると彼女はスッと頭を下げたのだった。

「お気遣いありがとうございます。子供は……わたし自身が子供を持つリミットを感じたら、考えも変わるのかもしれません。失敗や後悔する前に、と言われますが……我が身に降りかかって初めて、気づくものかもしれませんね。それも大事なことだと思っています」

夏海の言葉に稔は安堵の表情で答えた。

「ああ、そうだね。僕自身、こんなことになるとは夢にも思わなかったよ。人生にはどんな落とし穴があるかわからない。慎重に歩いていても、災難は降りかかるものだと思い知った」

穏やかな夏海に、稔も本心を吐露してしまったようだ。

聡には、こんなことはできない。意見の違う相手は厳しく追い詰め、言わざるを得ない状況に追い込み白状させてきた。

（〝北風と太陽〟だな）

実は離婚することになってね……そんなふうに話す稔を見ながら、聡は考えていた。

約一時間後、聡は稔と一緒に事務所を後にする。外出のついでがあったためだ。

「離婚はなるべく穏便に済ませたい。できれば、母さんには細かい事情は知られたくないんだけど」

「そうだな。でも、父さんには話さないわけにはいかないだろうな」

「ああ、そうか……それは、仕方ないな」

稔は小さなため息をついた。弟にとっても、父の重圧は相当なものらしい。

エレベーターが一階に到着し、扉が開いた瞬間、埃っぽい風が兄弟を包み込んだ。

「でも、さ。彼女も可哀相だね」

「彼女？」

「織田さんだよ。結婚しない、子供も欲しくないなんて、本気じゃないだろう？　ろくでもない男と付き合ってるのかもしれないな」

稔は極めて真剣な顔で言う。

聡にすれば耳の痛い話だ。その点は追求せず、「匡は……本気なのか？」と微妙に話を逸らした。

「さあ？　でも、見合いをすっぽかして父さんを怒らせてたな。ところで、兄さんのほうはどうなんだ？　圭介君の結婚式で、智香さんとの婚約をお披露目するって聞いたけど」

稔の言葉は聡に嫌なことを思い出させ、彼の心に影を落としたのだった。

☆　☆　☆

稔とともに事務所を出る聡の背中を、如月は黙って見送る。

そして、一ヵ月半ほど前の会話を思い出していた。

『おまえ、また見合いしたんだって？　いい加減にしろよ、ったく』

『早く結婚しろって言ったのはおまえじゃないか』

『はぁ？　夏海くんとに決まってるだろう⁉』

如月があのとき初めて、聡と夏海の関係をはっきりと口にした。

『……彼女とは』

『関係ない、か？　俺に嘘がつき通せると思うな』

　聡は無言のまま両手を挙げ、降参のポーズを取る。

　全面降伏されると、さすがにきつい言葉はぶつけにくい。

『おまえは仕事のし過ぎだよ。離婚から女っ気もなかったし。だから、オフィスの情事も見逃してやってんだぞ。彼女の住所もダミーだろ？　一緒に住んでるくせに、〝ただの秘書〟なんて言ったら殴るぞ』

　すると、聡は深く息を吐いた。

『金を……払っている。彼女は母親の入院費を稼ぐために、六本木のクラブでバイトをしていた。身持ちの悪い女なら、クビにしようと思ったんだが……』

　聡の告白に、如月は開いた口が塞がらなかった。

　ふたりの関係は、もう四年近くになるという。しかも、母親の入院費用を無期限貸与する契約で関係を迫っていたとは。

『ちょっと待てよ、聡……それって、おまえ』

　聡は如月の言葉を遮るように言う。

『彼女に対して愛情はない。結婚はしないし、子供を持つ気もない。俺は、抱きたいときに抱ける女が欲しかったんだ。そして夏海も……既婚者の愛人は嫌だと言っていた。俺は誰とも結婚しないから、ちょうどいいだろう？』

『愛人って、おまえなぁ』

聡はいつもより饒舌だった。仕事以外でこれほど口の回る聡を、如月は見たことがない。

『夏海は俺が初めてだったんだ。よっぽど金に困ってたんだろうな。だが——他人の手垢のついていない女も悪くない。今は下着の一枚まで俺の趣味で着せている。女には、これまで金目当てで散々利用されたんだ。一度くらい金にモノを言わせて、やりたい放題もいいだろう？　見逃してくれよ』

悪党ぶって楽しそうに語る親友を、如月はなんとも言えない思いで眺めていた。

聡とは大学入学と同時に知り合った。以降、人生の半分を仕事のパートナー兼親友として過ごしている。

如月はごく一般的なサラリーマン家庭に育ち、幼稚園から大学まで国公立に通った孝行息子だ。何か問題が起こってもくよくよ悩まない。大胆かつ即断即決で動ける男——親友とはいえ、聡とはまるで反対の性格をしていた。

そんな聡がたった一度、如月顔負けのことをしでかしたことがある。

周囲の反対を押しきり、家を出てまで強行した結婚。その妻に裏切られたのだ。聡の受けたダメージは、計り知れないものがあったのだろう。

その後、随分長い間、聡は女から遠ざかっていた。

いつだったか、『セックスは〝しない〟んじゃない、〝できない〟んだ。俺は男として死んでるんだよ』酒の勢いでそんな告白をしたこともあった。

だからこそ、聡が夏海を入社させたときは驚いたものだ。

秘書も事務員も派遣で足りている。親交のある大学教授の推薦だから面接はするが、その場で断る予定だ。同じ条件の法律事務所を紹介すれば、大学教授の顔も立つだろう。

そんなふうに言いながら……聡は面接で夏海の採用を即決し、なんと自分の担当に決めたのだった。

それから半年も経たず、九つも若い夏海を自分のベッドに連れ込んでいたとは……。たいしたものだと褒めてやりたい気分だ。

だがそのやり口は、どう考えても普通ではなかった。

わざわざ秘書検定を取らせて専属秘書にしたのも、夏海をもっと身近に置くため。一泊以上の出張には必ず同伴し、深夜残業もずっと一緒だ。

得意のポーカーフェイスも、夏海が絡むとまるで役に立たなくなっている。

一昨年入社した安西が、何も知らずに夏海をデートに誘おうとしたときは大変だった。

『残業には不熱心で、契約条項の一文もまともに作成できないのに、女性を口説くのだけは一人前か？　下半身にルーズな人間は弁護士には不適格だ。うちの事務所には必要ない！』

小さなミスが続いた安西に、聡は解雇までちらつかせたらしい。

如月は出張中だったため詳細はわからないが、あまりの怒りように、最年長の武藤が取り成しに入ってなんとか収めたと聞く。

これほどまでの執心ぶりを見せつけられ『愛情はない』などと言われても、信じられるものではない。

　そもそも、聡は隠しているつもりでも、夏海との仲は事務所の全員が知っている。それに、ふたりが聡のオフィスで何をやっているか――如月や妻の双葉、武藤など数人は気づいていた。

　ベテラン事務員の西からは、『一条先生に事務所では控えるようにおっしゃってください！』と意見までされたくらいだ。

『奴が女に夢中になるのは、滅多にあることじゃない。じきに結婚するだろうから、それまで大目に見てやってくれよ』

　そんなふうに頼んだのは昨年の終わりのことだった。

『彼女はそれで、納得してるのか？』

『ああ、もちろんんだ。病気の母親を抱えて、結婚は一生しないと言っていた。いい暮らしもできて、弁護士の仕事も覚えられる……セックスも楽しめるから充分だ、と。彼女は子供じゃない。俺たちは大人の関係だ』

　如月は聡の返事にうなずいた。

　確かに、夏海は大人の女に違いない。だが聡は……どうだろうか？

『そうか……じゃあ、四年も抱いたらいい加減飽きただろう？　今度、俺に貸してくれよ』

　聡は口をポカンと開いていたが、ハッとして声を荒らげた。

『なんの冗談だ？　おまえには双葉さんがいるだろう？　子供だっているのに、馬鹿も休み休み言え！』

『女房とは大学時代からの付き合いだからな。初めての女だが、ひと筋ってわけじゃない。俺だって遊ぶくらいはするさ。ひと晩でいいよ、いくらなら貸すんだ？』

見る間に、聡の顔面は蒼白（そうはく）になり、

『それ以上言ったら……笑い話じゃ済まんぞ』

地を這うような低い声で聡は唸った。握りしめた拳は小刻みに震えている。

『勘違いするなよ。俺はおまえの嫁や婚約者とやらせろって言ってるんじゃない。たかが愛人だ。ひと晩買うのが娼婦で、長期間買うのが愛人だろう？　十代のころ、エロ本回し読みしたのと同じ感覚だよ』

『たとえ、そうだとしても……今は俺に所有権がある。おまえには……いや、誰にも譲る気はない。いくら積まれても断る。この話は二度とするな！』

如月は、今度こそ聡に幸せになって欲しいと願っていた。

だが――聡の負った心の傷は、如月が想像する以上に深く、奥底まで蝕（むしば）んでいたのだった。

☆　☆　☆

稔と別れ、聡は用件をひとつ済ませると、十四時過ぎには事務所に戻った。

するると、入れ違うように如月が出て行くところだった。

「これから、クライアント巡りだ。そのまま直帰するから、なんかあったら頼む」

「ああ、お疲れ。眞由美ちゃんの具合はどうだ？」

午前中に小学校から長女の具合が悪いと連絡があり、双葉は早退していた。

「風邪らしい。子供は急に熱が上がるからな。女房は明日も休ませてもらうよ」

「ああ、心配するな。今は彼女自身が大事な時期だろう。無理はしなくていい」

如月から夏海を『俺に貸してくれ』と言われたときは、長年の友情を終わりにすることも考えた。

だが、今月に入り双葉の妊娠を聞き……聡はホッと胸を撫で下ろす。三人目が生まれるとなったら、如月もそうそう無茶はできないはずだ、と。

「そうだ。夏海くんに礼を言っといてくれ。女房の好きな神楽坂のシュークリーム、わざわざ買ってきてくれたんだ。看病するほうも疲れるからってさ。気が利くよなぁ。アッチでも尽くしてくれるタイプなんだろうなぁ」

下品な冗談を聞いた瞬間、聡は全身の血が沸騰する感じがした。

（この野郎……まだ夏海を狙ってるのか？）

聡は無言で如月を睨みつける。

「ちょっと言ってみただけだ。そう睨むなよ。すぐにどうこうってわけじゃない。ま、女房がお産で実家に帰ったときは……」

「修、おまえ！　まだ、夏海のことを⁉」

「まだ七ヵ月も先の話だ。そのころにはおまえも結婚して、彼女は新しいパトロンを探してるかもしれない。――だろ？」

如月は愉快そうに笑いながら背中を向けた。

聡は忌々しい思いで親友の背中を睨みつける。その笑い声は消えることなく、いつまでも聡の耳に残り……如月が見えなくなったあとも、ずっと睨み続けたのだった。


「あ……お帰りなさいませ。一条先生、あの」

我に返った聡が事務所の中に入ると、派遣社員の中根美里（なかねみさと）に声をかけられた。

美里は小柄でふくよかな女性だ。三十代半ばでバツイチと聞いている。派遣の中では最年長で、若い安西のサポートを任せていた。

「ああ。……どうした？」

「安西先生から電話がありまして、都庁に行かれたんですが……申請書類を忘れた、と」

聡は舌打ちする。つい先日も不備があったと法務省から呼び出されたばかりだ。戻って来たら教育的指導が必要だろう、と考えつつ……。

聡はあることを思いついた。

「仕方ないな。君が持って行ってやりなさい」

「でも……」

美里は即答を躊躇う。

それもそのはず、いつも事務所にいる双葉は早退、ベテラン事務の西はパート勤務なのでもう帰ってしまった。派遣は美里の他にふたりいるが、ひとりは休みを取っており、もうひとりは……。

聡がホワイトボードに視線をやると、予想どおり『武藤に同行、帰りは十六時』と書かれてあった。

「今から来客予定はなかっただろう。それに、何かあれば織田にやらせる。君はそのまま直帰していい」

突然機嫌のよくなった聡に首を捻りつつ、美里はいそいそと事務所を出て行く。

そんな美里の背中を見送ったあと、聡は応接室を通り抜け、自分専用のオフィスに入った。夏海はパソコンのキーボードを叩いていたが、すぐに顔を上げ、立ち上がって聡を迎える。

「お帰りなさいませ。お疲れ様でした。――稔さん、おつらそうでしたね」

夏海は稔のことを口にするが、聡の耳にはよく入って来ない。

それどころか、

『ろくでもない男と付き合ってるのかもしれないな』

『彼女は新しいパトロンを探してるかもしれない』

稔や如月の言葉が、聡の脳裏をグルグルと回っている。

「稔のことはいい。わざわざ、神楽坂まで行って来たのか？」

思いがけないことを聞かれたのか、夏海は虚をつかれたような顔をした。

「それは……昼休みに行ったので、決して仕事が遅れるようなことは」

「そんなことを言ってるんじゃない！　如月のご機嫌取りか？　俺が婚約しそうだから、もう後釜を探しているわけか？　だが、如月は女房とは別れない。それとも女房公認の愛人にでもなる気か？」

「一条先生、いったいどうなさったんですか？」

我慢が限界を超えていた。

いや、美里を追い出したときから、すでにそのつもりである。

「夏海、こっちに来て――処理してくれないか？」

夏海は驚いたように目を見開いた。

聡の言う〝処理〟が、パソコンデータや書類でないことは、彼の股間を見れば一目瞭然だろう。自分でもコントロールできないほど、気持ちが高ぶっている。

「い、今が、何時なのか、わかっておられますよね？　フロアには中根さんがいます。そんなこと……」

夏海は酷く困った表情で戸惑いを口にした。

昼間のオフィスで求めたのは初めてのことだ。慌てる彼女の姿を見るのは新鮮で楽しい。もっと困らせてみたくなる。

「中根は安西の忘れ物を届けに行った。今、この事務所にいるのは私たちだけだ」

「で、でも武藤先生も夕方までには戻られます。ひょっとしたら、もっと早くお帰りかも。それに、間もなくクライアントから電話がかかって……」

夏海の反論を聡は唇で遮った。

舌先で夏海の唇をなぞる。口紅の味が、聡を真昼の情事へと駆り立てていく。そのまま、固く閉じた夏海の唇を開かせ、聡は舌先を強引に押し込んだ。

如月の挑発に、聡の中で嫉妬の炎が燃え盛っていた。

元来、性欲は旺盛なほうではない。実際、何年もの間セックスなしで過ごしても、一向に困ることはなかった。

前妻の罠に嵌められたとき、腹いせのように風俗の女との関係を繰り返したが……。一度途中で萎えてからは、二度と挑戦する気にはならなかった。

ところが、夏海だけは際限なしに求めてしまう。

真っ白な彼女を自分の理想の色に染め上げ、他の男など片っ端から追い払って来た。なのに、いつも心のどこかに不安がつき纏う。

夏海の唇を隅々まで味わい、そのままの勢いで白い首筋に、緋色のキスマークをつけた。

「あ……そこは、見られたら……困ります」

「悪い虫に刺されたとでも言っておけ」

背中を反らせながら逃れようとする夏海を、聡はオフィスの壁に押さえつける。右膝を彼女の内股に割り込ませ、スカートに包まれた下腹部に聡は欲望を押し当てた。

「待って……お願い、こんな時間からわたし、そんな」

「わかった、今は挿れない。その代わりに……」

聡は彼女の耳元でささやいた。


オフィス内にはエアコンディショナーの低い音が流れていた。窓からは清々しいほど眩しい夏の光が射し込んでくる。

なのに、その明るい室内には似つかわしくない、淫靡（いんび）な行為が繰り広げられていた。

ほんの数分前とは逆で、壁にもたれているのは聡のほうだった。彼はスーツの上着を脱ぎ、ネクタイを緩め、時折、顔を歪めて吐息を漏らす。

彼の前に、夏海は跪いていた。

今の聡は一番無防備な体勢だろう。夏海の手は彼の張り詰めた分身を宝物のようにそっと包み込んでいる。茂みに埋もれた根元の部分を指先で強くこすり、柔らかなボールを掌で揉（も）みしだく。そして、あらゆる部分を丁寧に舌で舐め回した。

「ああ……いい。最高だ……夏海、もう」

透明な液体がこぼれ始めた先端に、夏海の唇が触れ……。

熱い塊は今にも弾けそうなほど小刻みに震えた。そうなると、もう時間は残されていな

い。聡は夏海の頭をそっと手でおさえると、緩やかな腰使いで動き始める。

それが合図のように夏海は大きく口を開けて、スッポリと咥え込んだ。そのまま、聡の律動に合わせて強く吸い上げる。

「クッ……」

そのとき、聡は限界を超えた――。

彼は大きく肩で息をする。熱を孕んだ声で「嫌なら吐き出せ」とささやき、夏海の顎に手をかけた。

夏海は口を閉じたまま首を左右に振る。そして、口の中に放出された液体をコクンと飲み干した。

聡は彼女の顔を上に向けさせ、口の端からこぼれ落ちる白い液体を、ペロリと舐める。直後、狂おしいほどの激しさで彼女の唇に自分の口を押しつけたのだ。

生臭い匂いが鼻をつく。それは、理性を失う背徳の香りだった。

(こんな女を、手放せるものか……)

そのとき――聡のデスクに置かれた電話が鳴った。

夏海は弾かれたように聡から離れ、口元を拭いながら慌てて受話器を取る。

一方、聡は壁にもたれ、夏海によってもたらされた快感の余韻に浸っていた。スラックスのファスナーは下り、黒のボクサーパンツもずらしたままだ。

「先生……L社の田辺様です」

「……ああ……」

聡は夏海からコードレスの受話器を受け取り、通話口を手で塞いだ。

「後始末をしてくれ」

気だるそうな声で告げると、聡は電話に出た。

呼吸を整え、可能な限り頭の中を切り替える。依頼された契約書の作成事項を思い出しながら答える……が。

夏海は聡に言われるまま——剝き出しになった男性器を口で綺麗にして、着衣を整えてくれた。床に落ちた液体はティッシュで拭き取っている。

その両膝を揃えて屈み込む仕草は、聡の悪戯心を刺激するほどエロティックなものだった。彼女が立ち上がった瞬間、聡は堪らず背後から抱きしめる。

「……あ。だめ、です。もう……」

夏海の小さな抵抗を、聡は軽く無視した。

左手に電話を持ち、クライアントと仕事の話を続けながら、右手を夏海のスカートの中に入れる。だが、その格好はよほど恥ずかしいらしい。固く閉じた太ももが、聡に初めての夜を思い出させた。

聡はすぐに電話を切ると、以前使っていた来客用ソファの上に受話器を放り投げる。

「前から気になってたんだ。フェラのとき、君のココがどうなっているのか……。俺に教えてくれないか？」

最初、夏海は聡の男性的な部分を目にするのも嫌だった。

初めから大好きな女性はいないかもしれない。だがしだいに、夏海の手により聡の興奮をコントロールできることが嬉しくなっていった。

聡はこの四年間、夏海しか抱いていないという。

そんな聡の分身に唇を寄せ、口の中に咥えた瞬間――彼自身を征服したような錯覚に陥るのだ。そして、聡の悦びが増せば増すほど、夏海の身体も高まり……。

☆　☆　☆

「もう……武藤先生が戻って来られます。許してください」

夏海は聡から身を捩って逃げようとした。

こんな昼間から、しかもオフィスで、恥ずかしいほど下半身を潤わせているなんて。聡の命令で嫌々従っている振りをしながら、本当は感じていることを知られたくなかった。

だが、聡の力に敵うわけがない。

「脚の間が乾いてたら君の勝ちだ。すぐに離してやる。でも、びしょ濡れだったら、濡れたショーツは没収だぞ」

「あっ、待って！　お願い……許して」

聡の指がどんどん奥に進んで行く。

「ショーツの上から確認しよう。さて、どうかな？」

「あぁっ！」

布地の上から、その部分を聡は指で押した。

すると、いやらしい音が部屋中に広がる。

「……いやぁ……」

夏海は小さく声を上げ、思わず腰を引いてしまう。

その瞬間、聡は向きを変え、彼女を正面から抱く格好になる。彼の手は夏海のヒップをなぞり、ショーツの横から指を押し込んだ。

「ぁ……っ！」

聡のシャツを掴み、声にならない悲鳴を上げる。

「凄いな。ヌルヌルの大洪水だ。本当は下の口に押し込んで欲しかったんじゃないのか？」

「ああ……お願い……もう」

「ここに触れたら、すぐにイキそうだな。夏海」

夏海の繊細な部分を指先で軽くノックした。そのまま、間断なく攻め立てる。夏海は全身を戦慄かせると、聡にきつく抱きついた。

「はぁう！　……クゥッ」

夏海は大きな声を上げそうになり、慌てて唇を噛みしめる。

身体の奥から大量の愛液がこぼれ落ち……ショーツを濡らしただけでは済まず、床にポタポタと水滴を落とした。

夏海はいつも、快感が高まると大量の愛液でシーツを濡らす。だがまさか、昼間のオフィスでこんなふうになるとは予想もしていなかった。

直後、我に返った夏海は恥ずかしさで居た堪れなくなる。フェラチオと聡の指だけで、ショーツを濡らした上に、足下に透明な水溜りができるほど感じてしまうなんて。

そのとき、事務フロアのほうで物音が聞こえた。

事務所に誰かが戻って来たのだ。人の話し声も聞こえてくる。夏海は下半身の冷たさとは逆に、頭がカッと熱くなった。

聡に抱きつく手が、小さく震えて止まらない。

「デスクに手をついて、脚を開け。もっと、尻を出すんだ。俺の言うとおりにしろ」

言うなり、聡はショーツのサイドを結んだリボンをほどき、スカートの下から取り出した。

夏海に抵抗する力はなく、されるがままになっている。ほんの数分前とは逆で、夏海の後始末はすべて聡がしてくれた。

最後に濡れたショーツを夏海に見せ、

「いい匂いだ。昼間のオフィスが気に入ったらしいな」

「せ、先生！」

夏海はパッと取り返すと、後ろ手に隠した。

そんな彼女を見て、聡はフッと笑う。

「ノーパンなんだ。これ以上漏らすなよ。スカートや椅子まで濡らしたら、もう隠しようがないぞ」

「先生が、変なことをなさらなければ大丈夫です」

「今夜は残業だ。覚悟しておけよ」

それは……ふたりの間で通じる、今夜の約束だった。

☆　☆　☆

これほどまでに残業を心待ちにしたことはない。

浮き立つ気持ちを懸命に抑え、ふたりきりになるなり、聡は応接室のソファに夏海を押し倒した。

「君に会うまで、オフィスで女を抱くなんて、考えたこともなかった」

彼女がショーツを穿いていないのをいいことに、一気に重なる。

「ここは、だめ……奥の部屋で」

夜とはいえ、まだ八時を回ったばかりの時間だ。

同じフロアにある他の会社は、この時間なら多くの社員が残っているだろう。

「君の身体は媚薬（びやく）のようだ。いくらでも……欲しくなる」

「先生ここは、お客様が……」

　客用のソファで抱かれることに抵抗を覚えるらしい。

　聡はかまわず、夏海のスーツを剝ぎ取り、ブラウスもブラジャーも奪い取った。今、夏海の身体を隠すものは、黒いガーターベルトとベージュのストッキングだけだ。

　オフィスでここまで脱がせたのも、初めてかもしれない。

　聡は夏海をうつ伏せにして、耳朶を甘嚙みした。

「いいか夏海、君は俺のためだけに脚を開くんだ。そのための契約だ。忘れるな」

「は……い。あっ！　あぁ……や、そこ……聡、さん」

　夏海は耳元への刺激にも弱い。喘ぎ声を上げ始めたところを狙い、強い力で背後から突きまくる。聡の動きに合わせて、夏海の声は切なさを増しながらどんどん大きくなっていく。

「喘ぎ過ぎだ。こっちを向け」

　夏海の上体を引き起こし、こちらを向かせた。ふたりは繫がったまま向き合う。

　そして、唇を重ねて彼女の喘ぎ声を塞いだ。聡もシャツを脱ぎ捨て、器用にスラックスと下着も足先から振り落とす。

　もし誰かが入ってきたら……洒落にならない格好だろう。

　直後、聡の快楽は極限まで高まった。昼間から堪えていたものを解き放つ瞬間、熱く火傷しそうな中に包まれたまま、歓喜のときを迎える。

「ん……んんっ」

夏海の咽からくぐもった声が聞こえる。

聡の背中に突き立てる指が、彼女の快感を教えてくれた。


ふたりは飽きることなく、ソファの上で抱き合っていた。

今は聡が下になり、夏海の体重を全身で受け止める。下半身は繋がったまま……その部分に聡のシャツをかけ、ソファの上でキスと愛撫を繰り返し、ふたりは戯れた。

「夏海、本当は結婚して子供が欲しいのか？」

「どうして？　そんなこと……突然」

「稔が言ってた。あれは君の本心じゃなく、付き合っている〝ろくでもない男〟が言わせてるんだろう、ってね」

夏海はスッと身体を起こし、聡から離れると床に落ちた服を拾い始めた。

返事をしない夏海に苛立ちを覚える。

「いいか？　俺の子供をわざと妊娠するような真似はするな。それでも、結婚はしないぞ」

聡は釘を刺すつもりで言った。

少しでも気を許すと、女はそこにつけ込んで来る。いくら経験のなかった夏海でも、聡が彼女の身体に溺れていることに、気づいているはずだ。つけ入る隙を与えたら、どれほど従順で献身的な女もあらゆる欲望に負ける。

聡にとってすべての女が、別れた妻と重なった。

「返事をしないか！」

「稔さんのおっしゃるとおり、あれはわたしの本心じゃありません」

「夏海……」

思いがけない返事に聡は息を呑んだ。

「結婚は……できないだけです。母のことを、兄や姉には任せられません。母の面倒まで見てくれる物好きな男性はいないでしょう。いたとしても……先生のように、愛人として望まれると思います」

自分のように、そう言われたとき、聡は如月の存在を思い出した。

「如月に何か言われたか？」

「如月先生ですか？　先生には奥様もお子様もいらっしゃいます。冗談でもそんなふうに言われたことはありません」

嘘をついている表情ではない。

だが、如月が夏海に興味を持っていることは事実だ。ふたりが抱き合うところを想像するだけで、聡の胸は焦げるような痛みを覚える。

「奴も男だ。俺たちのことに気づいて、よからぬことを考えてるかもしれない」

「例えそうでも、わたしは人様の家庭を壊すようなことはだけはしたくありません。先生がおっしゃったんです。不法行為は慎めって」

彼女は必死になって言い続ける。

生活費も洋服代もほとんど聡が負担してくれている。給料はできる限り貯金に回し、数年分の母親の入院費用と司法修習を受ける間の生活費を貯めようと思っている、と。

「弁護士になれたら、そのお給料だけで食べていけますし……経験を積んだら母の入院費もどうにかなると思うので」

夏海の言葉は聡の胸を切り裂いた。

彼が恐れていた刃を夏海は抜こうとしている。自分の優位さを見せつけるために与えた金が、聡から夏海を奪っていく。

「そうなったら、さっさと俺をお払い箱にするんだろうな。だが、そう簡単には手放す気はないぞ。渡した金はあくまで〝借金〟だ。法定利息と返済期限をつけることもできる。無理やり俺と決別して、弁護士になれると思うな」

聡は自分の口から流れる言葉が恐ろしかった。これではまるで脅迫だ。

夏海も青褪(あおざ)めている。

「聡さん……」

「俺はまだ、君の身体に飽きてはいない。――来い」

立ち尽くす夏海の傍まで行き、今度は床の上に転がした。

〝失うかもしれない〟という焦り、〝永遠に自分のものにしたい〟という独占欲……愛することを許せない彼にとって、そこは出口のない迷路だった。

第四章　扉越しの情事

日曜日、聡は智香を伴いNホテルまでやって来た。父に言われたとおり、従弟の結婚式に出席するためである。

実光が口にしたとおり、一条家が主に利用するのはTホテルだった。

一方、親族と顔を合わせたくない聡が利用するのはNホテル。ビジネス用にエグゼクティブルームを利用することが多く、月に数回は訪れている。個人的にも会員になっており、同棲を始める以前は夏海との情事にスイートを利用していた。現在でも気分を変えるときはたまに訪れる。

フロント係やベルボーイも聡の顔をよく知っており、同伴者が違うことにも気づいたようだ。

当然、彼らは何も言わない。だが、生真面目な彼にはどうにも落ちつかない状況だった。

夏海と暮らし始めてから、聡は毎週土曜日に実家に戻ることにしていた。母と静の顔を見ることが目的で、泊まることは滅多にない。その間、夏海は母親の病院に出かける。そして、土曜の夜から日曜の夜まで、丸一日ふたりきりで楽しむ。

それが聡の休日の過ごし方だった。

ところが、結婚式に出席する件で実家に呼び出され、この週末はほとんど夏海と一緒に過ごさせていない。聡の苛々は募る一方だ。隣で智香が何か話しているが、まるで頭に入って来ない。このままいくと、『やかましい！』と怒鳴りつけるのも近そうだ。

ふと顔を向けると壁に鏡がかかっていた。

鏡には、結婚式用のブラックスーツを着用した聡が映っている。ベストはグレー、ウィングカラーのシャツにプラチナホワイトのネクタイ。

彼はそのネクタイを触りながら、今朝のことを思い出していた。


聡のネクタイは夏海が結ぶ。それは毎朝の日課となっている。

『あと何回、こうして結べるんでしょうか。不要になったら早めにおっしゃってください。出て行く準備をしないといけませんから』

『夏海⁉』

そのとき、外玄関のブザーが鳴った。

ハイヤーが到着したのだ。実は、智香のほうが迎えに来ると言って聞かなかった。聡のマンションを見たいと母にごねたらしく……聡が彼女を自宅まで迎えに行くことで、どうにか黙らせたのである。

『言ってらっしゃいませ。今夜は遅くなられますよね？　お食事の用意は……』

夏海の台詞を奪うようにキスをする。

『出て行く準備など一切するな。君はここで俺の帰りを待つんだ。よけいなことは考えるな』

無言でうなずいた夏海の瞳が潤んで見えた気がした。

「ねえ、聡さん。お聞きになりまして？　お嫁さんのご希望でこちらのホテルを選ばれたってことですけど……。私でしたら、やはりTホテルのほうを選びますわ。きっと何か理由があるのではないかしら」

ゴシップ記者さながらである。嬉々として他人の隠し事を詮索したがる智香に、聡は心底うんざりしていた。

従弟の事情なら聡も聞いている。よくあるケースで、年末には家族が増えるからだ。九月ならTホテルが取れるが、それではマタニティドレスになることを考慮しての選択だという。だが、稔のケースを考えたなら……順番などさしたる意味は持たない。

「私もNホテルのほうが好きですね。Tホテルで挙式などする気はない。私は一条本家の長男だが、父の後継者ではない。将来、相続財産はすべて放棄するつもりでいます」

「本気ですの？　聡さん」

智香の目の色が変わった。これで引いてくれるなら苦労はない。すぐにでも推定相続人から廃除してもらってかまわないくらいだ。

「やあ、聡くん、今日は伜のためにすまんね。しかし、随分久しぶりだな。親戚の集まりに顔を出すのは何年ぶりだ？」

やって来たのは叔父の実春だった。花婿の父だ。叔父は一条グループの傘下で、土地不動産の会社を経営している。父と面差しは似ているが、叔父のほうは恰幅があり、社長然とした体格だった。

「お久しぶりです、叔父さん。このたびはおめでとうございます。圭介にも会いましたが、とても幸せそうだ」

「いやいや、嫁さんがここと縁が深くてね。このホテルで式を挙げるのが夢だった、とか言うんだよ。まあ、圭介は言いなりだ。今から尻に敷かれとるよ」

どうやら、智香のように考える人間は多いらしい。あちこちで質問されたせいか、聡が聞いたわけでもないのに、叔父から説明してくれた。

「そうおっしゃらないでください。ここは僕もお気に入りです。もっともチャペルではなくて、フィットネスクラブのほうですが」

「そちらは？」

叔父は聡の隣に立つ智香を見て尋ねた。普通は真っ先に紹介するものだが……しなかったのは当然、わざとである。

「彼女は……」

聡は口を開くが少し間が空いた。

（参ったな……下手に紹介したら、言質を取られることになるぞ）

後々、不利にならない紹介の仕方を考えるが、

「はじめまして。私、笹原智香と申します。聡さんの婚約者ですの」

智香は聡を押しのけて前に出ながら、自ら名乗ったのだ。

「ほお、これは可愛いフィアンセだ。では、次に親戚が集まるのは聡くんの結婚式かな」

「ええ、年内にはと思っております。私たちも皆さんに祝福されるような……今日のようなお式にしたいと話しておりましたの。ねえ、聡さん」

このままでは、周知の事実にされてしまう。そう判断した聡は、智香の言葉に真っ向から反論した。

「いいえ、結婚の予定はありません。ご存じのとおり、僕は一度失敗した人間ですから。匡や静が独立してから、自分の身の振り方は考えるつもりでいます」

叔父は怪訝そうな顔をし、智香の表情は驚きから怒りに変わる。

いっそこの場で智香が取り乱して聡をなじってくれればいい。それを理由に婚約はなかったことにできる。

だが、今度ばかりは聡の思惑どおりには進まなかった。

「馬鹿を言うな！　長男のおまえが片づかんから下が一向にその気にならんのだ。長男の責任だぞ、さっさと結婚しろ！」

「父さん……」

父の登場だった。

聡は内心舌打ちしたが、智香にとっては援軍だ。

「ようやく相手も決まってね。なるべく早いうちに挙げるつもりでいる。盛大にやるから、ぜひ祝ってやってくれ」

父は聡を押しのけ、智香がいかに素晴らしい女性か叔父に話し始めた。

他の親戚も集まってきて、聡の足下は見る見るうちにセメントで固められていく。舞い上がる智香の顔を横目に、聡は唇を噛んだ。

「聡くんも、もう三十半ばだろう？　若いうちの失敗は誰にでもあるもんだよ。兄さんも来年には孫の顔くらい見られそうかな？」

「そうなればいいんだが。なるべく早く頼むよ、智香さん」

「まあ！　そんなふうにおっしゃられても」

聡は感情に蓋をした。いつもどおり、表情には全く出さない。

だが、閉じ込めた心の内は……どうにもやり場のない怒りが渦を巻いていた。結婚したくもないのに、次々と智香を「婚約者だ」と紹介されるのだ。

反論したいが、「倅に任せておいたら、まともな女を連れて来んのでね。わしが見つけてやったんだ」と父は口にする。

――十三年前は金目当ての女に捕まり、危うく一生を台無しにするところだった。

――女を見る目が全くなくて、困ったものだ。

父はそんな台詞で、ようやく癒えかけた聡の古傷を人前に引きずり出す。

そのたびに傷口が開き、身体が引き裂かれる苦痛を味わう。十年以上の年月を経てもまだ、傷口からは血が噴き出している。

聡は智香を婚約者だと紹介されるたび、首に縄をかけられ、引き回されている気分だった。

☆　☆　☆

一方、久しぶりに休日をひとりで過ごす予定だった夏海だが……今は事務所にいた。休日出勤の如月を手伝って欲しいと、妻の双葉に頼まれたからだ。

「せっかくの休みだったのに、悪いね」

「いえ……とくに予定はなかったので、大丈夫です」

長女の風邪で早退した双葉だが、そのまま彼女自身も風邪を引いてしまい休みが続いている。夏海もお見舞いに行ったが、妊娠初期のため大事を取って、と言うことらしい。

そんな妻に代わって、家事や子供の世話は如月が頑張っていた。そのため、普段なら持ち帰って片づける仕事が全くできなかったという。

ＩＣレコーダーからは如月の声が流れる。英語のそれをすべて文章に起こし、日本語に訳す作業だ。聡ならそのまま日本語の文章にするが、夏海には無理である。

如月も留学経験はないため、聡のようにはできないと笑っていた。

「なあ、夏海くんは……奴に惚れてるんだろ？」

きりのいいところでひと息入れようと、如月がコーヒーを淹れてくれた。

マグカップを手渡されたとき、そんな質問をされ、夏海は困惑してしまう。

「そ、それは……その……」

「住所はダミーだろ？　双葉も言ってたぜ、出張のたびにふた部屋取ってるけど、最近じゃ両方使わずに聡のカードでスイートに泊まっているみたいだ、って」

そのとおりなので夏海は何も言えずうつむいてしまう。

すると如月は、

「何年も一緒に暮らしてるんだろ？　言えばいいんだよ。責任とって結婚してって」

「そ、そんなの……無理です。だって、先生には婚約者の方が」

「すぐに婚約破棄してくれなきゃ別れるって言えばいい。青くなって、ソッコーで別れてくるよ」

如月は面白そうに言う。

だが夏海には、とてもそんな簡単なことには思えなかった。

「身分が、違います。わたしは父もいなくて、母も病気だし……結婚なんて」

「おいおい。身分っていつの時代の話だよ。俺たちのご同業——法曹界の人間がプリンセスと結婚しようかって時代だぞ。九歳も年下で、美人で気立てがよくて仕事までできる女性が、三十代半ばでバツイチ男の嫁にきてくれるなら、三顧の礼で迎えたっていいくらいだ」

　夏海は如月の大仰な口ぶりに、自然と顔が綻んだ。

「大袈裟ですよ、如月先生。婚約者の方もわたしと変わらない歳だって聞きました。個人病院のお嬢様で、秘書の経験もある方とか。わたしより、よっぽど一条先生にふさわしいです」

「じゃあ、奴が結婚したら……本当の愛人になるつもりなのか？」

　ふいに如月の声色が厳しくなり、夏海はドキッとした。

「一条先生は、結婚はしないって。でも、もし結婚されたら……。先生とは別れますし、事務所も辞めます」

　如月は何も言わなかった。

　その数時間後、クライアントからトラブル発生の連絡を受けるまで、夏海は黙々とキーボードを叩き続けた。

☆　☆　☆

『――ってことで、夏海くんを行かせたから。後はそっちから繋いで至急対処してくれ』

『それは……わかった。だが、どうして夏海が仕事に出てるんだ⁉　まさか、ふたりきりじゃないだろうな？』

聡はホテルを通じ緊急の連絡を受けた。そのまま、披露宴会場を抜け出して来ている。ブラジルに本社がある企業なので、契約書は英語を使用するが、緊急の対応にはポルトガル語が必要だ。

如月も日常会話なら不自由はないが、専門用語を駆使して弁論ができるほど達者ではない。夏海に至っては逆に通訳が必要だろう。

契約書やファイルは夏海が直接持って来るという。

『ああ、もちろんふたりきりだぜ。寂しそうだったなぁ、彼女』

『おまえ、俺がいないと思って、会社に呼びつけて妙な真似はしてないだろうな！』

『気になるか？』

『当たり前だ！　さっさと答えろ！』

『さあ……どうだったかな。そんなことより、仕事のほう頼んだぞ』

『おいっ！　如月？　如月っ⁉』

一方的に言って電話は切れた。

なぜ、夏海は如月の呼び出しに応じたのか。本当に〝聡の次〟のことを考えているのか。緊急の仕事より、聡にすればそちらのほうが気になってどうしようもなかった。

「先生。申し訳ありません、こんなところまで」

「それはこっちの台詞だ。だが、休日出勤は命じてないぞ」

「タイムカードは通してません。ただのお手伝いです」

「双葉さんは知ってるのか？　それとも——秘密か？」

いつもどおり社用で使うエグゼクティブルームを取り、聡はそこで夏海を待っていた。

夏海はとくに着飾った様子もなく、化粧も控え目だ。パンツスーツで髪をひとつに括っている点も好ましい。

如月が夏海に多少なりとも興味を持っていたとしても、本気で口説くとは思わない。だが、男と女には魔が差すこともある。

彼女が持って来た書類より、首筋に情事の痕がないか……そっちの確認が先だろう。

しかし、夏海はため息をつくと、

「でしたら、大学時代の友だちとデートしたほうがよかったですか？」

いささか呆れたような口ぶりだ。

聡は答えに窮する。

「……嘘です。双葉さんから電話で頼まれたんです。手伝ってやって欲しいって。何度も言いますが、わたしは結婚なさってる方の愛人にはなりません」

きっぱりと言いきる夏海の様子が、これまでとはどこかが違う。

聡は変わりつつあるふたりの関係に、そこはかとない恐怖を感じ——。

「ファイルを出してくれ」

彼は仕事に逃げた。

エグゼクティブルームはホテルの中でも独立した空間だ。フロアには専用スタッフがいてフロントも別。ラウンジもエグゼクティブルームの利用者オンリーとなる。聡が利用するのは決まってデラックスツインと言われるタイプの部屋だった。

聡はクライアントに電話をかけ、直接確認しつつ、契約書をチェックする。その後はインターネットに繋いで対応策を指示した。詳細は明日、正式文書を作成したうえで、メールで送ることになるだろう。場合によっては聡がブラジリアまで行くことになるかもしれない。

ひと息つくと聡は視線を夏海に向けた。

彼は部屋の中央に置かれた円形の黒いテーブルに陣取っていた。

夏海は部屋の左端にあるソファのテーブルを使っている。聡に背を向け、ガラステーブルの置かれた市松格子模様のラグに直接腰を下ろし、横座りをしていた。

ジャケットを脱ぎ、半袖のブラウスから覗く二の腕が、しゃぶりつきたくなるほどセクシーだ。思えば、この部屋で夏海と仕事はしても、愛し合ったことはなかった。

もちろんそれは、この部屋でふたりきりになったことがないせいでもある。

だが今は、ふたりきりだった。

「一条先生、あとは連絡待ちです。わたしがここにいますので、先生は披露宴に戻ってください」

「別に私の披露宴じゃない。客のひとりくらいいなくても、影響はないさ」

「でも……婚約者の方が、心細い思いをされます」

「あの女の話は聞きたくない」

「先生……」

朝、夏海が結んだネクタイをほどくなり、聡は背後から夏海を抱き竦めた。

「先生、ここは……たった今、ご親族が披露宴をなさっているホテルですよ。下には、ご家族の方や婚約者の……あっ」

「そうだ。このホテルだよ。四年前、上のスイートで君のバージンを奪った。初めて俺のコイツを咥えたのもあのときだったな」

ヒップに硬くなったものを押し当てられ、夏海は真っ赤になった。

「この部屋ではまだだったな。今夜、泊まっていくか？」

聡は躊躇する夏海を振り向かせた。

聡の名前を呼ぼうとしたのか、半開きの唇は彼から理性を消し去った。理屈抜きで、ただ求めてしまう。ふたりの唇はゆっくり、だが荒々しく重なった。

白いブラウスにブラジャーのラインが映り、その見るからにふんわりと柔らかい胸を、聡は優しく愛撫する。唇が離れた瞬間、夏海は甘い吐息を漏らした。

聡の指がブラウスのボタンにかかり、三つ目を外したところで谷間が覗く。その部分に、聡は舌を這わせ、いきなり強く吸いついた。

「あっ！　あぁ……ダメ」

白い肌に赤い薔薇(ばら)のような刻印が浮かぶ。それを目にした瞬間、聡の征服欲は掻き立てられ、彼女を貫かねば治まらなくなる。

「夏海、服を脱ぐんだ。ああ、下だけでいい」

「あ……あの、待って、今日はこんなつもりじゃなかったんです。だから……」

夏海は聡に背を向け、自分でファスナーを下ろし濃紺のパンツを脱いでいく。

パンツの下に穿いていたのは、以前のようなシンプルな綿のショーツ。如月に対して色っぽい感情があれば、もっとセクシーな下着を身につけていたはずだ。そう思うと、聡は胸を撫で下ろした。

聡に命じられるまま、夏海は綿のショーツを左足から脱いだ。次いで右足からも外そうとしたとき、

「その姿もそそられるな。片足に残したままでいい、俺に跨がれ」

右足首にショーツを残したまま、夏海は聡の上に重なった。

すでに準備の整った聡の下半身は夏海の中に呑み込まれていく。ソレが一番奥まで到達したとき、「はあぁぁ……」深いため息とも嬌声とも取れる声が、夏海の口からこぼれた。

聡はラグの上に座ったまま、わざとゆっくり夏海を突き上げる。ブラウスのボタンも上から三つだけ外し、ブラジャーも肩紐とカップだけずらす。

目の前で揺れるふたつの乳房を包み込むように持ち上げ、固くなった先端を舌先で転が

しながら、ゆらゆらと波間に漂うように腰を上下させた。

快感は波のように聡の身体に広がっていく。だが、夏海のほうは堪えきれなくなったのだろう。彼女の腰が動き始めた直後、中が激しくうねり始めた。

「夏海……随分上手くなったな。ああ、いや、そのまま腰を振ってイカせてくれ」

一瞬だけ躊躇したあと、夏海はさらに大きく腰をグラインドさせる。

「聡さん……聡さん、わたし……わた、あ、あぁっ」

夏海は聡の首に抱きつき、繋がった部分を微妙に回転させながら上下、前後に揺する。

その刺激はきつい締めつけを伴い、夏海の体内で聡の分身は激しく膨張し、今にもギブアップしそうになった。

その瞬間、コンコンと扉をノックする音が聞こえた。

「聡さん？　智香です。こちらと……フロントに伺ったのですけど」

ふたりの動きはピタッと止まる。

夏海の瞳をみつめたとき、彼女は困惑したように首を横に振った。そのまま、慌てて引き抜こうとする。

だが、聡はそんな夏海の腰を摑み、ガラステーブルを動かし、ラグの上に押し倒した。

「あ……待ってください。早く出ないと」

夏海は智香に聞かれたくないと思ったのか、小さな声で言う。

だが、聡にセックスをやめるつもりはなかった。


コンコン……コンコン……。

「聡さん？　聡さん？」


わずか三メートル程度、薄い扉一枚隔てた場所に智香が立っている。もしも、扉の内側で聡が夏海にしていることを知ったら……。

そう思うと、さっきまでの夏海にリードを任せた行為とはまるで様相が変わった。

聡はラグの上で、夏海の両脚を持ち左右に広げる。真上から凶器を突き刺すように押し込み始めた。

「ぁ、ぁ、ぁ……」

あまりの激しさに、夏海は自ら口を塞ぎ、大きな声が出そうになるのを必死で堪えている。


コンコン！　コンコン！

「聡さん！　ここを開けてちょうだい」

「ウッ……クゥ！」

聡はふいに唸るような声を上げ――夏海の中に吐精した。

☆　☆　☆

罪の意識とはなんと甘美な味わいなのだろう。

夏海の胸に、智香に対する優越感が生まれていた。それは果てしない快感を呼び覚まし、躰の最も深い部分に聡を感じて、熱い奔流に子宮まで疼く。

「はぁうっ！」

聡と同時に夏海も天国に引き上げられた。聡の腰に脚を絡め、この瞬間、ふたりの間に隙間はなかった。

コンコンコン！　コンコンコン！

「聡さんっ！　声が聞こえたわ！　いらっしゃるんでしょう!?」

智香の声に、ふたりは現実の世界に引き戻されてしまう。

さすがの聡も渋々身繕いを始めたが……夏海がショーツを穿く前に手にしたティッシュを奪い取ると、

「そのままだ。君はそのまま下着を穿くんだ。俺の匂いを消すな。命令だ」

なんて破廉恥で理不尽な命令だろう。それでも、夏海には逆らうことができない。それが契約ではなく、彼に対する愛情からだと、聡はいつか気づいてくれるのだろうか？

夏海は下着の違和感に頬を染めながら、パンツスーツを身に着けた。


コンコンコンコン！　コンコンコンコン！

「聡さん！　どういうおつもり？　どうして入れてくださらないの⁉」


夏海は急いで部屋中の窓を開ける。

聡の顔をあらためて見たとき、彼の唇に自分のルージュが移っていることに気づいたのだ。慌てて、ハンカチで優しく拭き取る。

「さと……一条先生、早く出られませんと」

ドアを睨んだまま微動だにしない聡に声をかけるが……彼は踵を返すと、ソファに座り込んでしまう。

「君が出てくれ。忙しいんだ」

さっき押しのけたテーブルをもとに戻し、夏海が使っていたノートパソコンを開いた。

夏海を前にすると、聡は大きな駄々っ子だ。彼女が甘やかすので、よけいに我がままになったとも言える。

仕方なく、夏海がドアを開けたのだった。

「聡さん、ごめんなさいね。お仕事中に、でも……あら？　あなた、どなた？」

媚を売る女の声が、急に棘を含む声に変わった。嫉妬心丸出しで、智香は夏海の全身に隈なく視線をやる。

「初めてお目にかかります。わたしは一条先生の秘書をしております、織田夏海です」

「ああ、事務所の方。私は聡さんの婚約者で笹原智香です。日曜までご苦労様」

「いえ、あの、一条先生はお仕事中でして。もうしばらくしましたら、戻られますので……。あの、お待ちくださ い」

夏海は披露宴に戻ってくれるよう頼むのだが、聡は頑として受け入れない。それを、〝仕事のせい〟だと智香に伝える必要があった。

だが、智香は夏海の言葉に耳は貸さず、ズカズカと部屋の中に入って来た。

「聡さん、お仕事はわかりますけれど、いい加減戻ってください。これ以上中座されたままは失礼ですわ！」

智香はテーブルの前に立ち、聡に噛みついている。そこは、たった今までふたりが抱き合っていた場所だった。

夏海は少しでも〝セックスの気配〟を消したくて、エアコンの設定温度を下げた。

だが、そんなことで簡単に消える気配ではなく……。逆に、夏海の仕草に智香は奇妙なものを感じたのかもしれない。眉を吊り上げ、夏海のほうを睨みつけている。

そのとき、聡が面倒くさそうに口を開いた。

「これが私の仕事だ。ご不満なら、どうぞ先にお帰りください」

今の聡はネクタイを外し、シャツのボタンがふたつも外れている。

シャツの不自然なシワは、夏海が思いきりしがみついた痕に違いない。おそらく、彼女の移り香もあるはずだ。

男性は射精を終えるとすぐに平常心に戻れるという。とはいえ、聡の瞳にも多少の気だるさが残っていた。

聡もわかっているのだろう。だからこそ、パソコン画面を睨んだまま、智香を近寄らせず、視線も合わせようとはしない。

「あなたがどうおっしゃっても、私は一条のお義父様に認められたあなたの婚約者です！　結納も早いほうがいいだろう、と来週に決まりましたわ。それなのに……こんなホテルの一室で、女性とふたりきりなんて！」

智香は夏海を振り返り、もの凄い剣幕で怒鳴り始めた。

「ちょっと、あなた！　いつまでそこに立ってるおつもり!?　少しは気を利かせたらどうなの？」

「申し訳ありません。緊急の仕事ですので……」

「秘書の資格なら私も持ってますわ。あなたはいりません！　聡さんの補佐なら私がします。さっさと出て行きなさい」

「いい加減にしてくれ！」

　聡はノートパソコンの画面を畳み、テーブルを叩くと立ち上がった。

「彼女は司法試験にも受かっていて、すぐにでも弁護士になれる人間なんだ。君のような素人に、私の補佐が務まるわけがないだろう？　婚約は解消だ、さっさと消えてくれ！」

「酷いわっ。仕事だなんて嘘ばっかり！　この部屋で何をなさっていたのか、気づかれていないとでも思ってますの？　私は絶対に婚約は解消しませんから！　ご両親も認めてくださったのよ。あなたにふさわしい妻はこの私です！」

　最後に夏海を睨みつけ、智香は部屋から出て行った。

「先生、よろしいんですか？　一方的に解消なんて口にされて」

　夏海は窓を閉めながら聡に声をかけた。

　聡はベッドに近づくと、ドサッと倒れ込む。セミダブルのベッドが軽く軋んだ。

「疲れるんだ……あの女は」

　その声があまりに苦しそうで、夏海はベッドの端に腰かけ、聡の額に手を置いた。前髪を優しく撫でるように後方に払う。

　初めて目にした恋敵だった。聡はこういったホテルでも、デパートでも、夏海を恋人のように扱ってくれる。大切に、それこそ宝物のように、夏海を抱きしめてくれるのだ。

　愛の言葉がないだけで……。

　如月の言うように、『結婚して』『すぐに婚約破棄してくれなきゃ別れる』そんな言葉を口にできたなら、それでもし聡が夏海を選んでくれたなら。

切ない涙が頬を伝い、聡の腕に落ちた。

「どうした？　なぜ泣くんだ？」

「いえ……もう、契約書はいりませんよね」

「俺と別れたいのか？」

「わたし……わたし……あなたが結婚されるなら、別れます。だから……」

聡の顔をじっとみつめ、夏海は衝動的に口を開いていた。

「だから……結婚しないで」

聡の顔が強張り、その目は驚愕(きょうがく)の色を浮かべて見開かれた。

その二秒後、夏海はベッドに押し倒され、火傷するようなキスの嵐にあう。

「ああ、ダメだ。この部屋じゃ……あの女が父さんたちを連れて来るに決まってる。部屋を変えよう」

そう言うと、聡はフロントに連絡していつもの部屋を押さえた。

誰の問い合わせにも絶対に答えるな、ときつく口止めし、ふたりはタワースイートに消えたのだった。

「まったく何を考えとるんだ、いい歳をして！　緊急の仕事はともかく、披露宴会場に戻って来んでどうする。聞いとるのか、聡！」

　翌日、実家に来ないなら事務所に出向くと父に脅され、渋々戻った聡にいきなり雷が落とされる。

「昨日は、おまえの婚約者を親戚連中に披露すると、あらかじめ言ってあったんだぞ。それを――肝心のおまえがいなくなったままとは。彼女もわしらもいい笑い者だ！」

　父の書斎のソファに座り、聡は所在なげに周囲を見回した。

　三十年も前からほとんど変わっていない部屋だ。唯一の変化は、重厚なデスクの上にパソコンが置かれたくらいか。

「仕事ですよ。仕方ないでしょう」

「おまえ、智香さんに婚約解消だと言ったそうだな」

「仕事にまで口を出してくるからですよ」

「フン、嘘をつくな。仕事じゃなくて、女だろう？　秘書とできとるらしいな」

　聡はそのまま目を瞑り、ゆっくりと首を回しながら答えた。

「彼女が……そう言ったんですか？」

「仕事は嘘だ。上の部屋で女と一緒にいる、と泣かれて参ったわ。どういう女なんだ？　また妙な女に引っかかっとるんじゃあるまいな？」

　心の奥で、父の言葉に一々びくついている。そんな自分が聡は嫌で堪らない。

だが、本心はおくびにも出さず、聡は平然と言い返した。

「織田は秘書です。それだけですよ」

あれから先は聡の想像どおりだった。

智香は一条の両親を連れて、再度エグゼクティブルームを訪れた。だが、聡は引き上げたあとだった。

あれがTホテルなら、父は一発で聡の移った部屋を探し当てただろう。だが、さすがにNホテルでは無理だったらしい。

智香の目の前で夏海を抱いたも同然だった。あれだけのことをしたら、普通の女性ならすぐさま婚約破棄だろう。だが、智香にまともな神経を期待してはダメなようだ。

しかも『父の後継者ではない』『相続財産はすべて放棄する』と言った聡の言葉は、父が勝手に撤回したという。

「仕方あるまい。稔は後継者ができんし、匡はどうも事業に身が入らない。第一、おまえはうちの長男なんだぞ。まったく、子供が四人もいて、六十過ぎても孫のひとりにも恵まれんとは……」

また年寄りの愚痴が始まった。付き合っていたらきりがない。

そう考えると、聡は父の話を唐突に遮った。

「はいはい、わかりました。僕の件はここまでです。——実は、今週中に稔と恵美子さんの離婚が成立します」

実は渋々でも聡がやって来たのはこの話をするためだった。

驚くかと思ったが、父も薄々感づいていたらしい。

「そうか、子供ができんのが悪かったな。それに、稔は亮子さんに手を出してるだろう」

「ご存じだったんですか？」

これには逆に、聡のほうが驚いた。

三沢亮子は一条家の通いの家政婦だ。離婚して六歳の娘をひとりで育てている。母のあかねが気に入り、可愛がっている女性だった。

ふたりが男女の関係になったのは、稔が恵美子にセックスを拒否されたあとのこと。あらゆる点で自信を喪失していた稔は、心の拠りどころを亮子に求めた。

亮子はありのままの稔を受け入れ、男としてのプライドを取り戻させてくれたという。

聡は稔から、『恵美子との離婚が成立したら、亮子との再婚を考えている』と告白された。

「屋敷内でゴソゴソしとれば、嫌でも気づくわ。母さんもな。それが理由か？」

「お互い様、と言うヤツですよ」

「そうか……恵美子さんにもおったのか。まったく、喜んで迎えた嫁には子供ができんとは、皮肉な話だ。昨日の圭介の嫁も、腹ボテで結婚をねだったそうだ。孫を持つためにはそんな嫁でも我慢せんとならん時代か。おい、聡――まさか、稔は亮子さんを孕ませとらんだろうな？　孫ができるのは嬉しいが、家政婦に手をつけたことが広まると外聞が悪い」

聡は父の台詞にうんざりしていた。

圭介のところはごく普通の恋愛結婚だ。そんなに孫が欲しければ、口を閉じておとなしくしておいてくれ、と言ってやりたい。

十三年前のあやまちさえなければ……。

軽く首を振り、聡は気持ちを切り替えた。

「それはありません。というか、無理なんだ。父さんたちに不妊の理由はないと話していたけど、原因は稔にある。――無精子症、と診断が出た。子供は百パーセント無理らしい」

それには、さすがの父も目を閉じ黙り込んだ。

聡はそんな父に、立て続けに事情を説明した。診断後に生じた夫婦の意見のすれ違い、そこに端を発した亮子との不倫、恵美子の不倫と妊娠の経緯まで。

聡が話し終えたとき、父は深いため息をつく。

「なんということだ。稔だけはもう安心だと思っとったのに。こうなったら、静に婿でも取るしかないのか。息子が三人もいて、揃いも揃って」

「間違っても稔の前では言わないでくれよ。それでなくとも傷ついてるんだ。子供の件は奴のせいじゃない」

「わかっとる。――母さんにもしばらく話すな。自分のせいだと思い詰める女だ。おまえのときもそうだった」

「……ああ。知ってる」

母は聡を傷つけないよう、別れた妻からの金の無心を、父にも聡にも隠していた。離婚で揉めたときも同じだ。親として、もっとしてやれることがあったはず、と随分長い間落ち込んでいたと聞いている。

「だったらおまえぐらいちゃんと結婚してくれ。稔が離婚で、おまえも破談となったら、それこそ母さんが可哀相だろう？　少しくらい親孝行したらどうだ！」

（とんだとばっちりだ……）

聡は掌に爪が食い込むまで、拳を握りしめた。

第五章　悲しい愛の結晶

　七月第二週、聡と智香の結納が行われた。

　場所はTホテル——だがその席を、聡は仕事を理由に欠席したのである。婚約に不同意の意思を表明したつもりだったが、父と智香は受け入れようとはしなかった。

　それどころか、これで正式な婚約が成立したと言い、智香は当然のように事務所に顔を出し始める。

「仕事の邪魔になる。事務所には来ないでいただきたい」

　聡がきっぱりと断ったあと、「求婚もなしに婚約などあり得ない」と告げても、

「なら、お義父様と一緒にご自宅のマンションに伺いますわ。合鍵をいただけますか？それに、オートロックの暗証番号も教えてくださいね。これからは私が、お料理やお掃除に行かせていただきますので」

「マンションには仕事の書類も持ち帰っている。誰にも出入りされたくありません。用があるなら、成城の実家を訪ねてください」

「ほとんどいらっしゃらないじゃありませんか。これじゃ、なんの相談もできないわ」

などと執拗に食い下がるのだ。

だが、智香をマンションにだけは入れるわけにいかない。智香が事務所に出入りするようになり、夏海は荷物を纏めると言い出した。

見合いは、夏海を聡に繋いでおくための計画だった。

それが……これでは本末転倒もはなはだしい。このままでは夏海を手放すことにもなりかねない。

そんな中、実家でもトラブルが起こってしまう。

聡が父に稔のことを話した翌日、稔と恵美子の離婚が成立した。

だが、母への報告を誰もが躊躇い、先延ばしにしてしまったのだ。そのせいで、何も知らない母は完全に勘違いをしてしまい……。

それが引き金となり、騒ぎはどんどん大きくなってしまったのである。


六月の終わりごろ、母はお茶の仲間から恵美子が産婦人科に通っていることを聞いた。

最初は不妊治療だろう、と思ったが……。

『やっとお祖母ちゃまですわね。おめでとうございます』

母の友人は恵美子が、母子手帳を窓口に差し出していた、と伝えたのだ。

何も知らないあかねは、これ以上ないほど喜んだ。

安定期に入るまで知らせないつもりなのだろう。ならば、それに先んずる形でのお祝いは、恵美子によけいな心労を与えるかもしれない。

母は誰にも内緒で、こっそりとベビー用品を揃え始めたのだった。

そのことに父が気づき、慌てて聡に相談を持ちかけた。聡は稔と相談してから、なるべく早いうちに話すとしか言えない。聡にすれば、稔のことより、智香との件を早く破談にしてくれ、と言いたいところだ。

もたもたしている内に、妹の静が母の楽しげな様子とその理由に気づいてしまう。

何も知らない静は嬉しくてじっとしていられず、稔にお祝いを言ってしまったのだ。

しかし稔にすれば『ありがとう』と返せる精神状態ではない。他人に言われたなら平静を装うこともできるが、相手が妹となれば……。

不機嫌を露わにする稔に静が文句を言い、ふたりは実家で口ゲンカになった。

そこに、あかねが加わり……事態は最悪の状況へと突き進む。

稔は観念して離婚したことを自ら白状した。

しかし――。

『やっと子供ができたのに、離婚するなんて……いったい、何を考えているの？』

騒ぎ始めた母に、稔は自分の子供ではないことを付け加える。

『それでは不倫じゃありませんか⁉　でも、ひょっとしたら、稔さんの子供かもしれないわ。可能性があるでしょう？　子供が生まれてから、ちゃんと鑑定して……』

そんな母の追及に、おとなしい稔もとうとう切れた。

『不妊の原因は僕だよ。僕は種無しなんだ！　だから、恵美子は他の男と子供を作ったんだ。子供の持てない僕は、父さんや母さんにとっても用無しだろう？　兄さん同様、僕も相続を放棄する。会社は匡か静に継がせればいい。この家には二度と帰らない！』

実家で騒動が起こったことを知った数日後――。

聡は、事務所の入ったオフィスビルの一角にあるバーに如月を呼び出していた。

「母は倒れて寝込むわ。稔は会社を無断欠勤するわ。おまけに稔の奴、実家の家政婦とできてるんだが……彼女まで休みを取るわ、で……もう散々だ」

ウイスキーをロックで呷る。

酒は弱いし好きではないが、飲まずにはやりきれない。

「じゃあ、例の婚約者どのは？」

「父に当てにされるのをいいことに、我が物顔で邸内を闊歩してるよ。だが、静とはソリが合わないらしく……顔を合わせれば嫌みの応酬だ。匡は最初から智香を嫌っていたし、そのせいかほとんど帰って来ない。母も……最初は『いい奥さんになってくれる』と言っていたが、ようやく厚かましさに気づいたらしい。うんざりした顔をしてる」

もちろん、一番うんざりしているのは聡だった。

如月は水割りグラスを手の中で回しつつ、心配そうな口調で聡に尋ねた。

「マンションには戻ってないのか？」

「戻れないんだ。あの女がつき纏(まと)って……夏海のことが知れたら、厄介だろう？」

それが一番の問題だ。この二週間、夏海を抱いたのは数えるほどしかない。夏海と暮らすようになって初めての事態に、聡の欲求不満は募る一方だった。

「夏海くんはどう言ってるんだ？　放っておいていいのか？」

「金はちゃんと渡している。相手にする回数が減って楽なんじゃないか？」

聡は苛立ち紛れに、吐き捨てるように言う。

「そういう問題か？」

「夏海のことはいいんだ。あいつは他に行くところなんてないし、放っておいても、俺の帰りを待ってる。そういう女だから、愛人にしたんだ」

傲慢さを丸出しにして聡は言ってのけた。

如月が眉を顰(ひそ)めた気がしたが、気づかないフリでやり過ごす。

「結納には欠席までしたのに、父は強行したんだ。こうなった以上、正式に婚約を解消するまで夏海の存在は隠さなきゃならない。バレると慰謝料だなんだと面倒なことになるからな。あんな騒ぎはもうたくさんだよ」

聡はウイスキーを飲み干し、おかわりを注文した。

「聡、これは忠告だ。——女を舐めると痛い目見るぞ」

「よーく知ってるさ。充分に注意する。ああ、俺が相手にしてないからって、夏海を口説くなよ。嫁さんにチクるぞ」

如月は呆れた様子で首を振っている。

このとき、親友の忠告を真剣に聞いていたなら……。

聡はそれからしばらくの間、この忠告の真の意味を理解できずにいたのだった。

如月には、『夏海のことはいいんだ』『放っておいても、俺の帰りを待ってる』——あんなふうに言ったものの……聡は内心、大きな不安を抱えていた。

夏海とは毎日、事務所で顔を合わせている。

「おはようございます。今日のスケジュールです」

聡は気が狂いそうなほどだというのに、夏海の態度は普段と変わりない。

智香が癇癪を起こし、ふたりきりのオフィスが許せないと叫んだときもそうだ。夏海は文句も言わず、デスクを応接室に移動させたのだった。

仕事中に夏海の姿が目に映らない。そのことが、これほど自分のモチベーションを下げるとは思ってもみなかった。

逆に、毎日数時間は智香がオフィスに居座っている。結婚後は秘書として仕事を手伝いたい、と接客まで始めるのだから、手に負えない状況だ。

だが、どうしても夏海との時間を作りたい。そう考えた聡は、強引に大阪までの出張を作った。

本当であれば、日帰りで充分な仕事だ。それを泊まりの出張に変更し、いつものようにふたつ部屋を取った上でスイートまで押さえたのだった。

聡は大急ぎで仕事を終え、意気揚々と夏海を連れてホテルに戻る。

するとそこには、

「聡さん！　私もちょうど大阪に用がありましたの。なんて偶然かしら」

そんな言い訳をしながら智香が立っていた。

智香が怖いわけではない。誰にも、夏海との関係に口を挟んで欲しくないだけだ。

しかし、智香が取った部屋は、聡が別に押さえたスイートと同じ階。これでは、智香の目を盗んでスイートのほうに逃げ込むことも不可能だ。

聡はその夜、当然のように一睡もできず……。

深夜の二時を回ったころ、彼は遂に夏海の部屋を訪ねた。

「一条先生。智香さんに気づかれます」

「だったら、いつ抱くんだ？」

抱き上げると一気にベッドまで行き、聡は夏海の上にのしかかった。貪るように唇を重ねる。今の聡は餓えた獣のようだった。

馬鹿な思惑で見合いなどしなければよかった。何日も夏海の手料理を食べていない。当たり前のようにあった温もりが腕から消え、ひとりのベッドでは眠ることも苦痛に感じ始めている。

何がなんでも夏海との平穏無事な生活を取り戻さなくては、最早、仕事どころではな

かった。

夏海の白いなめらかな肌に触れ、乳房の間に頬を埋める。柔らかく甘い香りを、聡は胸いっぱいに吸い込んだ。

ようやく辿り着けた。

夏海の身体はオアシスのようで、聡はひたすら乾きを満たしていく。

「せんせ、い……部屋を空けてても……かまわないんですか？」

「放っておけ。君は、俺のことだけ考えていればいい」

「さ、としさん。あ……ああっ……んん」

聡は指を夏海の脚の間に滑り込ませ、ゆっくりと中に押し込んだ。

唇は徐々に下腹部を目指していく。茂みの奥に舌先が触れたとき、夏海は背中を反らせて悲鳴を上げた。なんと心地よい声だろう。もっとゆっくり、夏海が降参するまで繰り返したいところだ。

しかし、のんびりしていて、万にひとつも中断させられては堪らない。

「夏海、もう挿れるぞ……脚を開け」

夏海を思いどおりに動かす瞬間が最高だ。

太ももを下からすくい上げるようにして脚を大きく開かせ、より一層深い部分を目指して押し込んだ。

「はぁうっ！」

その瞬間、夏海は頤を反らせて、泣くように頬を歪める。

「言うんだ、夏海……俺が欲しかった、と」

「さ、とし……さんが、欲しかった……の。お願い、もっと」

「夏海！」

いつにも増して、夏海は積極的に聡にねだった。情熱的な腰使いで聡を翻弄し……彼女自身も、何度も官能の門をくぐる。

聡が耐えに耐えたあと、最後の瞬間を迎えたとき――夏海もしなやかな脚を聡の身体に巻きつけ、白濁の奔流を受け止めながら、細い腰を戦慄かせた。

「聡さん……聡さん！」

この身体を独占するためならなんでもする。

聡はそんな思いに囚われ、夏海を抱きしめた。

まさか智香が部屋の前で情事の間中立ち尽くしていたとは……このときの聡は思いもしなかった。

☆　☆　☆

「夏海、今日は埼玉のほうだ。携帯は切っておけ。邪魔だ」

出張から戻り、聡は外回りを多くするようになった。もちろん夏海を同行し、途中、様々な場所で休憩を挟む。

　だが、帰るのは成城の実家だ。

「お戻りは、今夜もご実家ですね？」

　夏海が尋ねると、聡は大袈裟なほどのリアクションでため息をついた。

「もし智香と結婚したら、ずっとこうなんだろうな。世の男どもが、家に帰りたがらない気持ちがよくわかる。母が元気になれば、あの女とは即破談だ！　俺は一日も早く、前の生活に戻りたい」

　聡の言葉に夏海の呼吸はしだいに速くなる。

「前の……自宅には愛人を囲い、週に数回実家に顔を出して……そんな生活ですか？」

「不満か？」

「いえ。でも、結婚はそれだけじゃないと思います。如月先生と双葉さんのような……」

　瞬時に聡の顔色が変わった。瞳に剣呑な色が宿り、夏海の腕を強い力で摑む。

「どういう意味だ？　奴に何を言われた⁉」

「別に、何も……ただ」

「ただ、なんだ？　言っておくが、奴だって浮気はしてる。俺と違って一夜限りの娼婦専門だ。奴に、おまえが俺の愛人だと教えてやった。するとなんて言ったと思う？　いくら払ったらひと晩貸すか――そう聞いたんだぞ」

　聡は夏海を嘲るように笑った。

「奴は別だと思ってたのか？　じゃあいくらだ？　いくらなら如月と寝るんだ？」

「嫌です！　言ったはずです、奥さんのいらっしゃる方とは絶対に嫌です！」

如月が本気で夏海を愛人にしようなど……考えているとは思えない。

双葉は夏海にとって理想の女性で、ふたりは憧れの夫婦なのだ。ふたりの姿を聡との将来に重ね、夢見たこともあるくらいだった。

「忘れるなよ、夏海……金のために俺と契約を交わしたことを。俺がいいと言うまで、君は俺に尽くす以外にない」

「わかって……います。先生には、感謝しています。なんでも……おっしゃるとおりに」

「ああ、それでいい。俺が婚約を解消して戻るまで、家でおとなしく待っているんだ。秋には中近東の企業との契約が控えている。西アジアに出張だ。準備しておけ」

「……はい」

聡の言葉に必要以上の反論はせず、夏海は素直に引き下がった。実はこのとき、彼女は大変な問題を抱えていたのである。

ピルを飲み始めてからずっと、四週目には必ず来ていた生理が七月は来なかった。

理由は考えるまでもない。二十一個の錠剤が、最後の日を終えて一個残っていたせいだろう。

結納以降、聡の帰らない日が増えた。夏海の生活リズムは乱れ……どこかで一日飲み忘れてしまったのだ。次のピルシートを開ける日になっても、生理は始まらなかった。

薬をもらっている病院は聡の紹介だ。守秘義務があるとはいえ、事情が事情だけに聡に報告されないとも限らない。

そして、妊娠検査薬の小窓には『陽性』の印が浮かんでいた。

お腹の中に愛する聡の赤ちゃんがいる。

突然の出来事に眩暈(めまい)を覚えながら……それでも、夏海の心は震えるような喜びを感じていた。


八月に入ってすぐ、夏海は聡の実家を訪ねることになった。

「あの女だ。まったく、よけいなことを言いやがって！」

クールシルバーとアイガーグレー、ツートンカラーのＲＶ車を運転しながら、聡は悪態をつく。

ほとんどタクシーを使う聡だが、たまにプライベートで車を運転する。二十代のころは海や山に行くことも多く、ずっと四輪駆動車を所持してきた。最近は回数も減ったので、普通車に買い替える計画だと聞いている。

夏海は久しぶりに普段着の聡をみつめながら、彼にはＲＶ車のほうが似合う、そんなことを考えていた。

大阪出張のあと、智香は聡の父、実光に泣きついた。

夏海は聡の愛人に間違いない、夏海をクビにしてくれ、と。執拗にごねる智香に聡の父も困り果てていたという。

ところが、そこに匡が口を挟んできた。

『失礼なことを言うなよ。俺は前から夏海さんに交際を申し込んでるんだぞ。身体の弱いお母さんがいるらしいけど、働き者でメチャクチャいい子なんだ。なんたって、この兄貴にこき使われて、文句も言わずに働いてるんだからさ』

匡なりに夏海を庇ったつもりなのだろう。

そんな三男坊の台詞を聞き、掌を返したように実光は言い始めた。

『そうかそうか、そんなにいいお嬢さんなら、一度我が家へ連れて来なさい。匡がその気なら、嫁にもらってやるぞ』

聡は相変わらず、婚約を解消したいと言って譲らない。

そのせいで、挙式の日取りも全く決まらずにいた。結納は不在でどうにかなっても、挙式披露宴に新郎不在と言うわけにはいかないからだ。

稔は一週間ほど病欠し、今は普通に出社している。

だが、あれ以来一度も実家に戻っておらず、本社にも出向いていないそうだ。家政婦の亮子も仕事に戻ったが、何を聞いても口を噤（つぐ）んだままだと言う。どうやら、隠れて稔と会い続けているらしい。

こうなったら贅沢は言っていられない、とでも思ったのか……放蕩者の匡が結婚してもいいと言う娘なら、後継ぎさえ産んでくれるなら文句は言わない。

実光はそんなふうに言い始めた。

そして今回のことは智香にとっても渡りに船の申し出だった。聡と結婚するために、夏海は最大の障害となる。

そんな夏海を匡が引き受けてくれるなら……。

聡が聞いたときには、夏海を一条邸に招くことはすでに決まっていたのだ。彼は苦渋の顔でそう話す。

本当のことを言えば、八月に入ってから夏海は体調が思わしくない。

受診はしていないが、悪阻（つわり）に間違いないだろう。妊娠を自覚して以降、聡はほとんど実家に泊まっている。幸か不幸か、そのおかげで気づかれてはいないが、起床後は必ず吐くようになった。身体がだるく、暑さも堪（こた）える。

聡に告げるかどうかを、夏海はずっと迷っていた。

「一条先生、わたしはなんて答えればよろしいんでしょうか？」

「俺との関係は否定しろ。バレたら厄介なことになるからな。独身の俺に女がいても法的に問題はないが、一緒に住んでると知れたら……あの父が黙ってはいないだろう」

夏海は聡が過去に離婚したことは知っていた。だが、詳しい経緯までは聞いていない。

そんな聡が父親のことを口にするとき、酷く辛辣（しんらつ）で憎悪のようなものまで感じる。どうやらそれは、聡が『結婚』の二文字を忌避することと何か関係があるらしい。

黙り込んだ夏海をどう思ったのか、

「どうした、夏海。このひと月、充分にベッドで楽しませてやれなかったことを怒っているのか？　なら問題ない。来月の海外出張はたっぷり時間を取ってあっただろう？　休暇も兼ねているんだ。向こうでは上質な宝石も手に入るというし、指輪以外ならなんでも買ってやる。まだ、匡以上の金は動かせるぞ」

言うなり、聡は夏海を抱き寄せてキスしてきた。

赤信号で停まっているとはいえ、白昼の車内。隣の車線に停車している車の運転手は、こちらの様子に気づいて目を丸くしている。

目の前の横断歩道を渡る歩行者も同じだ。ツートンのＲＶ車で繰り広げられているラブシーンに気づいた数人が、何か言いながら指差していた。

「先生！　こんなところで……やめてくださいっ‼」

夏海はビックリして聡を押しのける。

「まさか本気で匡の妻の座を手に入れようなんて、考えてないだろうな？」

「馬鹿なことを言わないでください。四年近くもあなたの愛人だったんですよ。そんなわたしが今さら、先生のことを『お義兄さん』なんて、呼べるわけありません」

それは夏海の本心だった。呼べないし、呼びたくもない。

「当然だな。そんな素振りを見せたら、俺が君の立場を思い知らせてやる」

「どう、なさる気ですか？」

「匡に全部バラしてやる。まずは君の処女を奪ったときのことをじっくりと。ああ、俺の精液の味を奴に教えてやったらどうだ？　きっと驚くぞ」

後方からクラクションが鳴った。

聡は軽く舌打ちし、青信号を確認して車を発進させる。

「そんなことをされたら……智香さんにも全部ばれてしまいますよ。それでもかまわないんですか？」

「かまわない。大股開きで俺を受け入れた女を、弟の妻にはできない。俺のお下がりだと知れば、匡も諦めるさ。奴はそれほど女に不自由はしてないからな」

聡は夏海のことを見下しているとしか思えない。どんな理由があったにせよ、金のために契約まで交わして男と寝た女だ、と。

だが、『もし智香と結婚したら』――聡は先日、そんな言葉を口にした。きっと彼の中で智香は、結婚に値する女なのだ。

夏海の妊娠を知れば、怒り狂う聡の姿が容易に想像できる。子供を産むことなど、決して許してくれないだろう。

胸の内では涙を流しながら、夏海は聡をみつめた。

（わたしのことを愛してくれなくてもいい。せめて、愛することを許してくれたなら）

そんな彼女の視線をどう思ったのか、

「いいか夏海……君は一条の嫁にふさわしい女じゃない。匡との結婚を阻止するためなら、智香に払う慰謝料など惜しまない。俺を怒らせたときは、すべてを失う覚悟をするんだな」

それは、ふたりの関係に終止符を打つ、決定的な言葉だった。

夏海はずっと思い続けてきた。聡の傍にいるためなら、どんな犠牲も厭わない、と。

そう、この日までは――。

迷路の先に出口は確かにあった。

それを自ら塞いでしまったことに、聡は気づかなかった。

夏海にとって成城は、近づいたこともない高級住宅地だ。

街路樹に桜が植えられ、鮮やかな緑の生け垣が目に入る。門構えのしっかりした邸宅ばかり建ち並び、その多くは門付近に監視カメラが備えつけてあった。

一条邸の門は、聡の車が近づくと自動で左右に開いた。手元にあるリモコンで、車中から聡が操作したのだ。もちろん屋敷内にも操作ボタンがあり、開閉可能だという。なんでもないことのように言うが、夏海には住む世界が違うと認めざるを得ない。

「まあ、そうなの。国立大学なんて……優秀なのね、夏海さんは」

玄関で夏海を迎えてくれたのは聡の母、あかねだった。

おっとりとした上品な女性である。六十代というが夏海とそう身長も変わらない。聡や匡の体格のよさは、母親譲りなのかもしれない。

そんなことを考えつつ、夏海は萎縮した気持ちで吹き抜けの玄関を見上げた。そこだけで、彼女が両親や兄姉と住んでいた家など、すっぽりと入ってしまいそうだ。

夏海が家に上がると、静がリビングで待っていた。

夏海より年下で、世間知らずの箱入り娘だと聡は言う。しかし、快活で行動的な静は、聡と出会った当初の夏海以上に世間を知っているようだ。だが不遜な印象はなく、潑剌(はつらつ)とした女性だった。

そんな中、誰よりも夏海の訪問を喜んでくれたのが匡だった。

聡より少し背は低いが、容姿はよく似ている。長兄に比べると、よく言えば人懐こく、悪く言えば少し緩んだ印象を受ける。相当なプレイボーイと聞くので、そのせいかもしれない。

そして一番の難物、聡の父、実光が待っていた。稔と同じ程度の身長だが、誰よりも眼光は鋭く、ひと筋縄ではいきそうもない。

応接間のソファに腰かけ、夏海はそんな実光からの質問責めに遭っていた。

「最後にひとつ確認しておきたい。聡は、君にとって上司であること以外、個人的な交際があるのかね?」

「以前も言いましたが、織田は僕の秘書です。それだけですよ」

「おまえには聞いとらん。夏海さんに聞いとるんだ。答えてくれんか?」

隣で聡が、深く息を吸う音が聞こえた。

夏海は逆に息を吐きながら、

「一条先生のお傍で色々勉強させていただいております。先生はプライベートの時間が少なく、わたしと一緒にいる時間が長いので、誤解されたのでしょう。わたしは恋愛も結婚も考えておりませんので」

車の中で言われたとおり、きっぱりと否定した。

「聡さんのお傍でなんの勉強をなさっているのかしら？　恋愛も結婚も考えず……なんて、男性とのお付き合いは、お金だけが目的に聞こえますわね？」

わかりやすい嫌みを口にしながら、智香が姿を見せる。

すでに〝我が家〟と言わんばかりの表情と態度に、夏海は言葉が出てこない。

「嫌われていながら結婚したがる女も、結局のところ、目的はお金じゃないかしら？」

黙り込む夏海と違い、智香に強烈な嫌みをぶつけたのは静だった。

「どういう意味かしら、静さん？　私がそうだとおっしゃりたいの？」

「あら、自覚はあるのね。よかったわ」

「私は聡さんのことを愛していますわ。それに、お金には困っていませんもの」

「だったら、兄様が相続放棄なさっても関係ないわよね？　匡兄様が夏海さんと結婚なさって、この家と会社を継いでも……そうでしょ？」

智香はグッと返答に詰まるが、すぐさま、静の矛先を別の方向に逸らした。

「私はお義父様のお気持ちを考えただけですわ。ああ、そうそう、実は挙式の日取りが決まりましたの。ねえ、お義父様」

その言葉に、珍しく慌てた様子で聡は反論する。

「待ってください！　僕は何も聞いてませんが」

「おまえに任せていては全く話が進まんだろう。十一月十一日のTホテルだ。親族がこぞって出席する。結納とはわけが違うんだ。ちゃんと予定を空けておけ」

「十一月だって⁉　冗談じゃない‼　こっちにも仕事の都合があるんだ」

「いい加減にしろ！　おまえだってもう四十は目前だ。嫁も子供もおらんでどうする。あそうだ、夏海さん。事務所の皆さんにも話しておいてもらえるかな。その日は全員に出席していただきたいのでね」

「……はい」

夏海は懸命に動揺を抑えて、静かに微笑んだ。


その夜、あかねや静に気に入られた夏海は、一条邸に泊まっていくよう勧められる。

「そうしなよ、夏海さん」

匡も嬉しそうに同調した。

「匡兄様、変なこと考えてないでしょうね？」

「馬鹿言うな！　親父やお袋も一緒の実家で、俺に何ができるって言うんだ？」

はしゃぐふたりをあかねは嬉しそうに見守っている。

「静さんもおやめなさい。夏海さんが困っておいでよ。ごめんなさいね、みんな揃ってこんなふうに笑い合うのは本当に久しぶりで……」

みんなと言っても稔がいない。

そのことを思い出したのか、あかねは目頭を押さえた。

「ご心労が多く、お母様の体調が優れないと聞いています。先生も心配しておられました」

夏海が聡のことを口にすると、リビングから見えるサンテラスで親密そうに話す聡と智香に、あかねは視線を送った。

大きなため息をつくなり、あかねは愚痴をこぼし始める。

「稔さんのことはご存じよね？　何もかもわたくしのせいだと思ったら、哀しいやら申し訳ないやらで……。亮子さんもお休みしてしまって、あの智香さんが看病に来てくださったのだけれど――」

稔には第一鉄道の社長も辞めてもらったほうがいい。やはり聡を本社に呼び戻すべきだ。ゆくゆくは自分と聡でこの家を盛り立てていく。

「孫ならすぐに産みますから、なんて……無神経にもほどがありますよ」

あかねの孫という言葉に、夏海はトクンと胸が高鳴った。

夏海の身体に宿っているのは紛れもなく聡の子供。あかねにとっては孫にあたる。だが、聡が受け入れてくれない限り、あかねに孫の存在を知らせることはできない。

「兄様は、会社は継がないと言ってるのよ。なのに、稔兄様の離婚と不妊を聞くなり……結婚したらこの家に住む、私たちの子供に継がせればいい、なんて！　どう見ても、一条の名前と財産目当てでしょ？　なんでお父様にはわからないのかしら？」

静の声はかなり大きい。だが、ガラス窓で隔てられたサンテラスにまで届くはずもなく、ふたりがこちらを振り向くこともなかった。

実光は食事が終わるなり、書斎に引き上げている。

「そうは言ってもね……大病院のお嬢さんですもの。でも、わたくしはもうあの方と暮すのは嫌だわ。結婚後は聡さんのマンションで暮らしてくれないかしら……」

「そうだわ！　夏海さんが匡兄様と結婚して、ここに住めばいいんじゃない？」

「そうねぇ。どうかしら？　匡さんのことはお嫌い？」

匡は妹とじゃれたあと、シャワーを浴びてくると自室に戻っていた。匡のいない間に正直に聞かせて欲しいと、ふたりは夏海に詰め寄る。

「いえ、嫌いとか、そういうことではなく、わたし自身の問題なんです。確かに、こんなもったいないお話……財産目当てでお受けしてしまいそうですけど」

夏海の返事にあかねと静は声を立てて笑った。

同じように笑いながら、少しずつ遠くなる聡との距離を、夏海は痛いほど感じていた。

「お色直しは二回にしたいと思ってますの。一生に一度のことですものね」

隣で智香が延々と話し続けている。

聡は何も答えないのに、よくこれほど話せるものだ。『厄介なタイプ』と言っていた匡の言葉がようやくわかった気がする。

普通なら、嫌がる聡の本心を知ろうとするだろう。あるいは聡の気持ちを変えようとする。だが、智香は違った。聡の感情など一切受け入れようとしない。思いどおりの仮面を聡につけて、それが真実のように振る舞う。とても、正気の沙汰とは思えない。

そして夏海だ。

一条邸に入るなり、聡には滅多に見せない笑顔を振りまき、食器の片づけまで手伝っている。

しかも、普段はキッチンに立ったこともない匡までもが、皿洗いを手伝うと言い出した。

ふたりの姿がキッチンに消えたとき、いよいよ追いかけて『夏海は俺の女だ』と叫びたい衝動に駆られたが……実際は表情にすることもできなかった。

智香に引きずられるようにサンテラスに出たあと、夏海と匡がキッチンからコーヒーを手に戻って来た。

それを見た聡は、

「我々も食後のコーヒーをいただこう」

不本意ながら智香をリビングに誘う。

「じゃ、聡さんのお部屋でふたりきりでいただきましょう」

何を言っても聡から離れようとしない智香に、彼は珍しく敗北感を覚える。

いつもなら、どうあっても言葉でやり込めようと最後まで戦うのが聡だった。しかし、この智香を前にすると『一刻も早く逃げ出したい』――それだけになる。

以降は智香の話など一切耳に入らず、ただ『織田を家まで送って行く』と告げるタイミングを計っていた。

ところが、母は聡と智香をリビングに呼び戻すと、信じられないことを口にしたのだ。

「今夜、夏海さんには泊まっていただきますから」

匡のいるこの屋敷に、夏海が泊まるなど冗談ではない。このときばかりは智香の反対を期待した。ところが、智香は自分も泊まると言い出した。

夏海には一階奥の客間が割り当てられる。

そして智香は聡の隣……以前の稔の部屋に泊まることになり、聡は眩暈を起こして倒れるかと思ったくらいだ。

馬鹿げている。

何もかもが、だ。

こんな茶番を十一月まで続けていられるものか。

だが、智香は危険な女だ。念のため、智香との婚姻届不受理の申請をしてから、夏海を連れて日本を発つ。年末まで帰国しない。しばらくの間、仕事は海外で片づけよう。
聡はそんなことを心に決めながら、夜が更けるのを自分の部屋で待ち続けた。

第六章　屈辱の一夜

「夏海さんはさ。兄貴が好きなんだよね？」

客間に案内してもらったとき、匡が口にした言葉に夏海はドキッとする。

客間はミニバーのついているリビングと、キングサイズのローベッドが置かれた寝室がひと続きになったスイート仕様だ。

リビングは二ヵ所にペンダントライトが吊られ、ナチュラルなアーリーアメリカン調のインテリアで統一してある。ミニバーも天然木で昔のアメリカ映画を思わせるデザインだった。

そのハイスツールに腰かけながら、匡は真っ直ぐに夏海を見ている。

「あ、あの……それは……あの」

「ああ、えっと……変なふうに聞こえたらゴメン。あの兄貴に黙って従ってるってことは、ホントは惚れてんだろうなってね。兄貴が夏海さんの気持ちに気づいて、おまえにはやらない、とか言い出したら面白いなぁと思ったんだけどね。失敗、失敗」

匡は屈託ない笑顔を見せる。

聡に似ている匡の笑顔に、夏海も警戒を解いてしまっていた。

「気を遣わせてしまって申し訳ありません。一条先生はわたしのことなんて、なんとも思っておられませんから」

ふたりの関係を言い当てられたわけではなかった。どうやら匡は、夏海の片思いに気づいただけらしい。

花嫁候補に名前を挙げたのも、夏海の気持ちが聡にあると思ったからだろう。

匡はプレイボーイと言うだけあって、女性の感情にかなり敏感なようだ。

「ああ、もちろん、僕の気持ちは本物だよ。夏海さんに、家で『お帰りなさい』って迎えてもらえたら幸せだろうなぁ。兄貴はあのとおり、君の価値に全然気づいてない。女の笑顔の裏側なんか、まるでわかってない鈍感男だから。ある意味、智香みたいな女とお似合いだな」

匡の辛辣（しんらつ）な口調に夏海は苦笑いを浮かべる。

そして、ひょっとしたら匡は、夏海と聡の関係に気づいていて知らん顔をしてくれているのかもしれない。

さらに匡は、結婚したら自分はこの家を出る。夏海が病弱な母親をひとりにできないと言うなら、同居してもいい。自分は三男だから……結局、父が期待しているのは最初から最後まで長男だけなんだ。

そう言うと、匡はこれまでで一番寂しそうに笑った。

匡の優しい言葉は、夏海の心を癒してくれた。

だけど、もし同じことを聡が言ってくれたなら……。虚しい夢と知りつつ、夏海は考えずにはいられなかった。


深夜、かすかな物音で夏海は目を覚ます。

聡の実家で眠ることになるとは、夏海には予想外の出来事だ。聡は今ごろ何をしているのだろう。ひょっとしたら、婚約者のベッドに潜り込み……そんな想像に胸がざわめき、中々眠りにはつけなかった。

だが、いつの間にかうとうとしていたらしい。

物音は扉を叩く音のようだ。それもリビング側の廊下に通じる扉。寝室のベッドからは一番離れた位置にある。

夏海は携帯を手に取り、時間を確認する。真夜中の二時過ぎ。この時間に訪ねて来る人間は――たったひとりしかいない。

スッとベッドから出て、寝室の扉を開けた。当然、音は少し大きく聞こえる。すぐに開けようとして、夏海は躊躇した。

（聡さん、よね？　でも、もし匡さんだったら？）

あるいは、智香という可能性もある。彼女は何をしてくるか見当もつかない人間だ。

「あの……どなたですか？」

心配になり、思わず尋ねてしまった。

「何を馬鹿なことを言ってる。俺だ、開けろ」

「一条先生……」

夏海はノブを掴み、内鍵を回そうとした。だが、ふいに思い直して手を止める。

「夏海、早く開けないか」

「――できません」

ドアの向こうで、聡が息を呑む気配を感じる。

この家に来る前は、わずかだか期待をしていた。聡が智香との婚約を破棄し、夏海のもとに戻ってくれることを。そして、結婚はしないまでも、頼めば子供を産ませてもらえるのではないか、と。

非嫡出として生まれてくる子供には本当に申し訳ないと思っている。だが、父親の分も愛情を注ぐつもりだ。

『女性なら子供が欲しいと思うものだろう?』

事務所で稔に言われた言葉を思い出す。

稔の言うとおり、本当は夏海も子供が欲しかった。

夏海は今年二十七歳になる。近い将来、聡は夏海を捨てるだろう。三十代、四十代と過ぎ、母もいなくなったとき、それからの人生をたったひとりで生きていくにはつら過ぎる。

だが、夏海が子供を産むことを、聡は決して許してくれないとわかった。それに挙式の日取りまで決まった今、体面を気にする聡に婚約破棄はできないのではなかろうか。

妊娠の週数が進めば、しだいに体形も変わってくる。そういつまでも隠し通せるものではない。

聡と離れるのはつらい。どれほど冷たい言葉を投げつけられても、夏海は最初からずっと彼を愛していた。

「ご、ご婚約……おめでとうございます。智香さんのところへ戻ってください。わたしは……もうあなたには、抱かれません」

それは扉越しの決別だった。

次の瞬間、聡はいきなり声を荒らげた。

「いきなり何を言い出すんだ。――クソッ！　あの女のせいだな。結納と一緒だ。俺は式にも出ない。誰が恥を掻こうが知ったことか」

「いい加減にしてください、一条先生。体面を気にされるのなら、ちゃんと出席なさってください。お見合いを決めたのは先生なんですから……」

聡からは何度も断ったと聞いている。それにもかかわらず、挙式の日取りまで決まるものだろうか。そんな疑惑が夏海の不安を煽り……。

だが、夏海の拒絶を聡は別の意味に捉えた。

「――匡か。奴に何を言われた？　まさか……部屋の中に匡がいるのか？　だから俺を締め出すんだな⁉」

聡は怒りのあまり、少しずつ声が大きくなっていく。今が何時で、ここがどこなのか、頭の中からすべて消えてしまっているようだ。

（どうして？　わたしが、聡さんのものだから？　でも、結婚したら……愛人なんて、絶対にできない）

今の聡の言動は〝嫉妬に狂った男の所業〟にしか見えない。

「開けるんだ、夏海！　嫌だと言うなら匡の部屋に行く。奴がいれば全部バラしてやる。だが、もしいなければ……このドアをぶち破る！」

聡なら本当にやるだろう。

匡の部屋に駆け込み、夏海に何を言ったと、暴力を振るうかもしれない。段々大きくなる聡の声に、夏海の決心は揺らぎ……。

――カチャ。

とうとう、鍵を開けてしまった。

「先生、声が大きいです。ご両親に聞こえたら」

ドアが開いた瞬間、聡は室内に入り込んできた。

大股で部屋を横切り、そのまま寝室に向かう。夏海が慌てて追いかけると、客用のクローゼットからトイレ、バスルームまで確認して回っている。

そしてベッドの夏用掛け布団を剝ぎ取り、情事の痕跡を探すようにシーツを撫でた。さらには窓から身を乗り出し、外まで覗いている。

「ここから、奴を逃したんじゃないだろうな？」

客間は一階にある。誰かを逃がそうと思えば、窓から簡単に出られるだろう。

「わたしをお疑いなら、匡さんにお尋ねください。わたしは匡さんの妻になれるような女ではありませんから。先生もよくご存じのはずです」

さすがの聡も、夏海の心が離れつつあるのを感じ取ったらしい。その目から強気な光が消え、悲しいくらいに怯えた瞳で夏海をみつめている。

「そんなに……別れたいのか？」

聡の声は震えていた。

「……いえ、別れたいわけでは……」

「なら、二度と鍵をかけるな。俺を締め出すんじゃない……夏海、抱きたかった」

聡は夏海の腕を摑むと、力任せに引き寄せる。荒々しい情熱で胸の中に抱きしめ、夏海のキスを奪う。

(なんて、激しいの？　どうしてこんな……)

理性と良識で逆らおうとするのだが、聡から逃れることができない。

「ダメ……あなたの実家でこんなことはできません。それに……智香さんも家の中にいるのよ」

「だからなんだ？　この一ヵ月、俺がどんな思いでいたと思う？　もう限界だ」

「でも、智香さんとは、あの……」

智香があそこまで聡に執着するのは、身体の関係があるからかもしれない。いや、それ以外に考えられなかった。

「俺があの女を抱いたと思ってるのか？」

「抱いて……ないの？」

「――教えてやる」

聡の唇は、夏海の抵抗をあっさりと突き破り、彼女の口腔に押し入った。抗えない聡の力に、夏海は遂に降参する。自ら舌を絡め、彼のキスに応えていた。

聡は後ろ手に、ドアに鍵をかける。

唇を押しつけ合ったまま、身体の芯まで蕩けてしまいそうだ。まるで、強いお酒を飲んだときのような、腰の砕ける感覚と甘やかな快感に、夏海は酔い痴れていた。

「ずっと、こうしたかった。君は？」

「……わたしも」

「本当に、匡に何もされなかったんだな？　奴は女に手が早いんだ」

もう怒っている感じではない。本当に不安そうで、夏海は思わず笑ってしまう。

「いいえ。わたしの知っている男性で、一番手が早いのは……」

「君が知ってる男？　俺以外に誰がいるんだ？」

夏海の笑顔にようやく安心したらしい。聡の声は少しだけ軽くなった。そんなやり取りの間も、お互いの唇を貪るような、官能的なキスは続いている。

夏海は寝室に客用の寝間着として用意された、浴衣を着ていた。

聡はその裾を割り、内股に手を差し込んだ。大きくて少しざらついた手が、夏海の太ももを撫で回している。久しぶりの感覚に、夏海の胸は高鳴った。

それに……あと何回、聡に抱かれることが可能だろう。

そう思うと、とても嫌とは言えなくなる。もう一度だけ、せめて、あと一夜……彼のすべてを覚えておきたい。そして少しでも、夏海のことを覚えていて欲しい。

今夜のショーツはサイドをリボンで結ぶタイプだった。

「今日は俺の好みだな。正直に言えよ、夏海。本当は、俺がここに来ることを期待してたんだろう?」

夏海が答える前に、聡の指はスルッとリボンをほどいた。シルクのショーツは一枚のハンカチのように、ふわりふわりと踊るように夏海の足下に落ちていく。

聡は夏海の腰を抱き上げ、ミニバーのカウンターに座らせた。浴衣の前は乱れ、真っ白な太ももにペンダントライトの光が直接当たる。

「脚を開くんだ。もっと……大きく」

「待って、あの……明る過ぎます……せめて」

まだ腹部が出ているほどではない。だが、明るいところで見られたら……変化に気づかれるかもしれない。

そんな不安を覚え、夏海は抵抗したが、

「ダメだ。待てないと言っただろう。それとも……もう、俺の言うことは聞けないのか？」

聡は前屈みになり、夏海の脚の間に顔を埋めていく。

「あ！　やぁ……っ、そこは……はぁん、ああっ」

ざらざらの舌が敏感な部分に当たり、生温かい感触に夏海の腰は微妙に浮いた。

両手をカウンターの上につき、腰を回すように動かす。聡の舌が花芯を捉え、強く吸いついた瞬間——夏海の蜜窟から、とろりとした液体がこぼれ落ちた。

同時に、ビブラートがかかったような嬌声が、客間に響いた。

☆　☆　☆

「夏海……声が大きい」

聡は慌てて夏海の口を塞いだ。もっと啼かせたいのは山々だが、それで邪魔が入っては堪らない。

（あの女のせいで、最近はこんなセックスばかりだ）

聡は胸の内で智香を罵りながら、漆黒のバスローブを脱ぎ捨てた。

バスローブ一枚では心許なく感じ、部屋を出るときに慌てて身につけたパジャマのズボンと下着も、今度は大急ぎで引き下ろした。すると、弾かれたように天井を向いた分身が飛び出してくる。

思えば、夏海とのセックスは普通の恋人同士では味わえないものだった。いや、恋人どころか、夫婦よりも濃密なセックスをしてきたかもしれない。

今もそうだ。お互いの欲求が手に取るようにわかる。夏海がどこに触れられ、愛撫されたがっているのか。そして、どのタイミングで彼女が達するのかまで、聡は熟知していた。

もちろん夏海も同じだろう。

最中にほんの少し、聡が身体を動かすだけで、夏海は彼が望む体位をわかってくれる。思ったとおりに動き、聡を受け入れてくれるのだ。

言葉より身体でわかり合っている。

聡は愚かにも、ふたりの関係は完璧だと思っていた。

そして今、このときも……張り詰めた聡と同様、夏海も充分に潤い、押し込まれる瞬間を待つだけになっている。

聡はスッと腰を添わせ、ペニスの先端を押し当てると、そのまま一気に奥まで貫いた。

「あぁっ……ん」

大きな声を上げそうで、夏海の口を聡はキスで塞いだ。

そのまま夏海の腰を掴み、思う様に突き上げる。忙しなく腰を動かしながら、彼は夏海の首筋から胸元にかけて、数えきらないほどのキスマークをつけていった。それはまるで〝売約済み〟の刻印を押すかのように。

あまりにも夏海を欲しかったせいか、最初の一回はすぐに限界が訪れてしまった。

彼女の腰をしっかりと摑み、奥まで押し込んだ瞬間、聡は欲望を解放する。自分の精液で女性の中を満たす行為が何を意味するか……聡の本能は、夏海を〝征服したつもり〟になっていた。

浴衣もリビングで脱がせ、彼女を抱き上げると奥の寝室に移動する。

二度目はベッドの上でたっぷり楽しむためだった。

決して落ちつける環境ではないのだが、やはり無防備な夏海が腕の中にいるだけで、聡の心は弾んでしまう。

「俺の実家で抱かれる気分はどうだ？」

「もしご両親に見つかったら……それが怖いです」

「それもいいな。お互いの縁談が流れるだろう？　勘当されたらマンションに戻り、また前の生活に戻れる。一石二鳥だ」

夏海の表情が曇ったことにも気づかず、聡は呑気にも浮かれた声でそう話した。

「この姿を、匡が見たらどう思うかな？　君のことを清楚だと言っていたが、こんないやらしい女だと知ったら」

「やめてください！　わたしは、あなたにしか……こんな姿は見せません」

「ああ、そう願いたいな。実の弟と〝ココ〟まで兄弟なんて勘弁して欲しい」

聡は夏海の両足首を持つと、左右に大きく開いた。蜜壷は口を開き、白濁の涎を垂らしているように見える。たった今、聡を迎え入れたせいだった。

いつも以上に恥ずかしがり、夏海は下腹部を隠そうとする。その姿がやけに新鮮で、聡はよけいにそそられる気がした。

「いい格好だ。俺が舐めてやるから、手をどけろ。……さっきは気持ちよかっただろう？」

キングサイズのフロアベッドは、柔らかめのスプリングが使われていた。ふたりが動くたびに、ベッドが揺れ、シーツが波打つ。

聡は夏海の手首を持ち押さえ込むと、誘惑の泉に顔を埋めていった。

「ああ……いい匂いだ。甘酸っぱい……君の匂いだ」

呟きながら、聡は膨れ上がった部分を舌先で軽くノックした。ついさっきとは味わいが違う。聡は丁寧に舐めながら、小さな突起部分を咥えて強く吸い上げた。

「あっあっ……ダメェ……もう」

泣きそうな夏海の声が聞こえ、彼女の下半身も言葉どおりの反応を示した。

聡は唇を離すと、両手で花弁を押し広げ……夏海の秘部をみつめ続ける。そんな聡の視線に気づいたのか、夏海は腰をくねらせ、荒い息で横を向いた。

「どうしたんだ？　俺は見てるだけだぞ」

「恥ずかしいから……見ないで」

「恥ずかしい？　ああ、だから、お尻のほうまで愛液を垂らしてるのか。そんなに漏らしたら、シーツどころかマットまでびしょ濡れだ。母さんになんて言い訳する気かな？」

「いやぁ……お願い、もう許して……あっ」

「しょうがないな。俺が全部飲み干してやる」

聡は舌を差し出し、夏海のヒップを舐め、音を立てて愛液を啜る。

「あっ……あ、あ、あ……やだ、さと……しさん」

腰をグラインドさせながら、夏海は絶頂に達した。そのまま聡の首に手を回し、抱きつくようにして喘いでいる。

そんな彼女が堪らなく愛おしい。白く柔らかな肌を抱きしめ、聡は尋ねた。

「美味しかったよ、夏海。この先は、どうして欲しい？」

「あなたが、欲しいの」

「もっとはっきり言うんだ。俺の何が欲しいのか」

「……来て、お願い。わたしの中に……あなたのすべてが欲しい」

お互いの唇が触れ合う距離で、切なげに声を途切れさせながら夏海はねだった。

聡は満足そうにうなずき……唇を重ね、身体もひとつにしてする。今、この瞬間、聡の欲しいものはすべて腕の中にあった。

「……聡さん……」

「夏海、こうしたかった。こうしてふたりで……君から離れたくない」

「わたしも、あ……ん。抱きしめていて……お願い、このまま……朝まで」

「ああ、もちろんだ。一緒にいよう。もう離れない」

十五畳程度の来客用寝室は、ふたりの情熱の色に染まっていく。

フロアベッドのスプリングは忙しなく軋み、夏海の声が切れ切れに響いた。

最初は唇で塞いでいた聡だったが、彼自身が夢中になると、そんなことは気にならなくなる。

聡の両肩に載せていた夏海の足が、揺らされるうちに右足だけ肩から落ちた。

そのまま、繋がった部分をクロスさせるような体位に変わる。聡はゆっくりと夏海の上に覆いかぶさり、ふたたび、お互いの唇は磁石のように引き合った。

「二度と俺を締め出すな。二度と……離れようとするな……夏海」

夏海の脚が聡の腰に絡まった。

同時に、内側は聡の昂りに絡みつき、素晴らしい力で引きずり込もうとする。その、えもいわれぬ快感に、聡が身を委ねようとした瞬間だった。


——ガチャガチャガチャ！


リビングから廊下側のドアノブを乱暴に回す音が聞こえた。

そのただならぬ気配に、聡は理性を総動員した。本能の律動を強引に止め、夏海の中からすぐに引き抜く。そして、彼女を庇うように入り口のほうを向いて身構えた。

だが……なんと言ってもセックスの真っ最中だ。射精寸前まで高ぶった下半身に血液は集中しており、さすがの聡も全く頭が働かない。

（鍵は……かけたはず、だ。コイツが落ちついたら、ドアのところまで行って……この際、きっぱりと話をつけてやる！）

聡がそこまで考えたとき——バンッと何かを叩きつけるような激しい音が聞こえた。

どうにか全裸の夏海を人目には晒すまいと、掛け布団を引っ張り上げる。

だが、今度はそれ以上のことを考える時間も与えられず、寝室のドアが壊れそうな勢いで開いた。

「ほら、やっぱりだわ！　私が言ったとおりでしょう？　この女は秘書なんかじゃない、聡さんの愛人なんです！　実家に入り込んでまで、聡さんを誘惑しようなんて。これで、この女の正体がわかったはずですわっ！」

智香は鼻息も荒く、勝ち誇った声で喚き立てる。

彼女が手にしているのは、この家のスペアキーをまとめた鍵の束に違いない。

それをチラッと見るのがせいぜいで、聡は身動きひとつできなかった。

終わったあとならともかく、蛇の生殺しとでも言えばいいのか……今の彼は寸止めの状態なのだ。わずかな刺激でも発射しかねない。

智香の台詞から、おそらく父も一緒だろう。親の前でこれ以上の醜態は晒せない。

何も言い返せず、顔を上げることもできなかった。ひたすら、意識を下半身から逸らして、興奮が落ちつくのを待つ。

だが、それを智香が見逃すわけはなかった。

「あれほど忠告したのに……無視して、婚約者の私を蔑ろにするからよ。馬鹿な女ね」

ここぞとばかり、智香は夏海に向かって吐き捨てるように言う。

聡の背後で夏海はカタカタと震えている。嗚咽が耳に入り、聡の怒りは一気に沸点まで達した。

人生でここまで屈辱的な目に遭ったことはない。最初の妻に嵌められたときは、ショックではあったが愚かな自分に対する怒りが大きかった。だが、今回は違う。息が上がり、声すら出せず……夏海を庇いたくても、言い返すことができない。

（どうして、ここまで追い込まれなきゃならないんだ？）

憎しみを込めて、聡は智香の顔を睨みつける。その視線には殺意すら籠もっていたかもしれない。

顔を上げてようやく、聡は自分の置かれた状況を知った。

智香の背後には目を見開き、立ち尽くす両親の姿が見えた。直後、匡の声も聞こえる。

「おいおい。夜中に何やってんだよ？」

眠そうな声で匡がドアから顔を出した。静も一緒だ。

「あら、匡さん。秘書のフリをした娼婦を見つけましたの。匡さんも買われたことのある娼婦かもしれませんわ」

智香の嫌みに反応する余裕もなく、匡は呆然（ぼうぜん）として呟く。

「兄貴が……夏海さんと？　マジかよ」

誰もが動けない中、智香は一旦寝室からリビングに行き、何かを手に戻って来た。

「初めは、あちらでお楽しみだったみたいね」

ミニバーの周囲に散らばる、ふたりの衣類に気づいたのだろう。智香はその中から、女性用のショーツを目敏く見つけたらしい。紐の部分を親指と人差し指で摑み、見せつけるように全員の前でヒラヒラさせた。

「なんて恥ずかしいデザインなんお。愛人にふさわしい、下品な下着だわ」

冷酷なまでに言い放ち、震える夏海に向かって放り投げる。

「私の婚約者を寝取った罰よ！　やっと化けの皮を剝がしてやれたわ！　ああ、いい気味！」

その瞬間、智香の甲高い笑い声が室内に響き渡った。

智香の笑い声を聞き、父も正気に返ったようだ。苦虫を嚙み潰したような顔で聡に命令する。

「聡……おまえと言う奴は！　さっさと服を着ろ！」

父の声を聞き、聡の頭もようやく動き始めた。

「……わかりました。でも、父さんたちも出て行ってくれ。客の寝室にこんな形で踏み込むのはルール違反だ！」

だが、父がそう簡単に引くはずがない。

「ここはわしの家だ！　おまえが自分の家でどんな乱れた生活を送ろうと勝手だが、ここでは許さん。婚約者がいながら、他の女と……それが弁護士のやることか⁉」

「残念だわ……夏海さん。聡さんは智香さんと正式に婚約されてるんですよ。あなたもそれをご存じのはず……わたくしには理解できません」

母はなるべくふたりを見ないようにしながら、首を横に振った。

「ちょっと待ってよ。そんなに大騒ぎすること？　ふたりが恋人同士だったってだけでしょ？　それに、夏海さんが悪いんじゃなくて、兄様が夜這いしてるんじゃない！」

母の口調が夏海を一方的に責めるものであったため、静はふたりを庇ってくれたらしい。もちろん、智香憎しの気持ちも強いのだろう。

だが、そこに智香が嚙みついた。静には言い負かされることが多い智香にすれば、今回は鬼の首を取ったようなものだ。

「お優しいことね、静さん。この女はね、聡さんの愛人なのよ。お手当てをもらって彼のマンションに住み、妻同然に振る舞ってるんだから。そうですわよね、聡さん？」

「同棲してて妻同然ってことは、内縁の妻ってヤツ？　だったら生活費を渡して当然じゃないか。道理で、俺が口説くのに反対したわけだ。でも、なんで黙ってたんだよ」

匡もさりげなく夏海を庇いつつ、呆れた様子で聡に尋ねる。匡の言葉は正論で、聡には反論できない。

静や匡の言うとおり、『恋人同士』であり、すでに『内縁の妻』と言ってしまうのが一番早いのだろう。

だが、夏海との関係は口にしたくない。誰にも邪魔されたくなかった。

夏海と暮らすためだけに購入したマンションは、聡にとって聖域なのだ。ふたりで過ごす時間は、堪らなく貴重なもので……。

家族に口を挟まれ、やれ結婚だなんだとなれば、大事なふたりの関係が壊れかねない。

そのとき、ただでさえ危うい夏海との関係を、無神経にも叩き壊してくれた女――智香が聡の代わりに答え始めた。

「悪いのは聡さんじゃないわ。お金目当てに、彼の優しさにつけ込んだこの女よ！　聡さんと私の結婚が決まって、次のターゲットに匡さんを選んだのよ。なんてずうずうしい女かしら。聡さんもお気の毒ね。男性ですもの、娼婦の誘惑には勝てなかったんだわ」

（よくも、これほどまでに舌が回るものだ）

智香に対する憎しみを通り越し、聡は背筋が寒くなる。

だが、そこに父が口を挟んだ。

「聡が自分で選んだ女はそんなもんだ。まったく、みっともない」

その言葉は聡の傷を土足で踏み躙った。

平常心は跡形もなく吹き飛び、頭に血が上る。

「全員、出て行け！　どんな女と、どんな付き合いをしようと俺の勝手だ！　ああ、わかった。ここは俺の家じゃなかったな。俺たちが出て行く！」

そう宣言して立とうとした。

だが、聡のバスローブも下着も全部リビングだ。掛け布団の下は全裸である。布団を持って立てば、今度は夏海の裸体が丸見えになってしまう。

だからと言って、この期に及んで『服を取ってくれ』と頼むのは、あまりにも滑稽だ。

「夏海、ドアを閉めたら服を着ろ。帰るぞ」

「聡……さん」

涙声で答える彼女を掛け布団で覆い、聡は全裸でつかつかとリビングに向かった。

バスローブを拾うと、とくに焦る様子も見せず、ゆっくりと羽織る。なけなしのプライドだが、そんな聡の様子を、母も静香も目を背けて見ないようにした。

しかし、智香からはふたりのような恥じらいや気遣いは感じられない。それどころか、夏海を庇う聡に、怒りのまなざしを向けていた。

☆　☆　☆

(どうしよう……どうしたらいいの?)

甲高い智香の声は夏海の耳にも届いていた。

だが夏海の中に、そんな中傷を受け入れる余裕すらない。セックスの最中に踏み込まれるなど、人生にそうあることではないだろう。

だが、心配なのは聡のことだけだった。

智香だけでなく、両親や弟妹にまで夏海との関係を知られてしまった。婚約解消にも相当な慰謝料を払うことになるだろう。それだけではない。智香が事務所にやって来て、今夜の一件を言いふらしたら……いや、クライアントにまで報告するかもしれないのだ。

そんなことになれば、聡は弁護士としての信頼を失うことになる。

夏海は震えが止まらない。

彼女自身が事務所を辞めるのは仕方がない。予定より、多少早くなるだけのこと。聡と離れる覚悟はできている。

心残りは、最後の夜ならせめて朝まで一緒にいたかった。

夏海は身体を丸め、無意識でお腹に手を添え――そのときだ。

『夏海、ドアを閉めたら服を着ろ。帰るぞ』

聡の声が聞こえた。

聡は、智香や家族より、夏海を選んでくれた。それは聡から愛を与えてもらったみたいで、彼女の心をにわかに浮上させる。

聡が全員を連れて出て行く。

ドアは音を立てて閉まり、夏海はゆっくりと身体を起こした。

すると、目の前に落ちているショーツに気づいた。〝下品な下着〟智香がそう言って手にしたものを、もう一度身につけるのは躊躇(ためら)われる。

夏海はショーツをそのままバッグに仕舞い、ブラジャーの上からブラウスを羽織った。そして、スーツのスカートを穿き――その直後。

ふたたび凄い勢いでドアが開いた。

「ちょっと、どうして出て来ないのよ！　婚約者の私に対して、床に手をついて謝るべきじゃないかしら⁉」

智香は両手を腰に当て、まさに仁王立ちしていた。

夏海のほうはスカートこそ穿いているが、下には何も身につけていないので心許ない。それに、肩にかけただけのブラウスは今にもずり落ちそうだ。

慌てて智香に背を向け、夏海はブラウスを押さえた。

そんな夏海の傍に、智香は無遠慮に近づいてくる。

「何よ、しおらしいフリなんかして！　たった今、私の婚約者に抱きついて腰を振ってたじゃないの。この、泥棒猫っ‼」

言うなり、夏海の髪を摑んだ。

放してもらおうと夏海が振り返ったとき、智香の表情が変わった。彼女が凝視しているのは夏海の胸元。露わになったその場所には、聡が無数の刻印を残していた。

夏海は片手でブラウスを引っ張り、胸元を隠すが……それはかえって逆効果だった。

剝き出しの肩や背中、首筋にも……真紅の薔薇の花びらを散らしたような痕跡でいっぱいだった。

「なんなのよ、この淫乱女！」

「い、痛い……放してください。……お願い」

智香は夏海の髪を摑んだまま、顔や背中をバンバン叩き始めた。

「挑発的な下着で、私の婚約者を誘惑したのね！　なんて恥知らずなの⁉」

夏海はこれまで、暴力を振るわれたことなどなかった。唖然としたまま、抵抗もできずにしゃがみ込むだけになる。

そんな夏海に馬乗りになり、智香は頭や肩を殴り始めた。

「何やってんだ！　離れろ！」

客間をあとにし、全員が一旦部屋に戻る途中、匡は真っ先に智香がいないことに気がついたらしい。

彼は急いで客間に引き返し、声を聞きつけて部屋に飛び込んでくれた。

だが、夏海がセミヌードのため、迂闊に近づけないのだろう。

「兄様っ！　兄様、早く戻って来てっ！　――ちょっと、いい加減にしなさいよ！」

廊下からは静の叫び声が聞こえる。

そしてすぐに寝室に入って来て、夏海から智香を引き剝がしてくれた。

「大丈夫？　夏海さん」

「え……ええ……ありが……」

夏海は静に礼を言おうとした、そのとき――。

智香は自分を取り押さえた静の腕を振りほどき、丸テーブルに置かれた花瓶から花を引き抜いた。そのまま花瓶を摑み、中の水を夏海にぶちまける。

「汚らしい女にピッタリだわ！　金目当ての魔女にね！」

さすがの静も、そして匡も息を吞むことしかできない。そんな中、智香の高笑いが部屋に響き渡った。

夏海の前髪から雫が滴り落ちる。

頰から顎に水が伝い、ポタポタとスカートに染みを作った。八月なのに、やけに水が冷たい。気づかぬうちに涙も混じり……夏海は心の中で聡の名前を呼んでいた。

☆　☆　☆

父のしつこい嫌みを聞き流し、追い立てるように両親を客間から出した。

全員が客間から出るのを見届け、聡は反対側の階段に向かう。二階に上がろうとしたそのとき、誰かの怒声が聞こえた。

最初は匡が父と言い争いでも始めたのかと思った。

直後、静の叫び声が聞こえ……聡は慌てて身を翻し、階段を駆け下りた。

彼が客間の寝室に飛び込んだとき、智香は空っぽの花瓶を手に声を立てて笑っていた。

ベッドの横には、頭からずぶ濡れになって座り込む夏海の姿が……。

その瞬間、聡は指先まで怒りで震え出す。

「あら、聡さん。ほら、ご覧になって。魔女を退治してさし上げましたわ。これで、私たち幸せになれますわね」

聡のただならぬ様子も気にせず、智香は澄ました顔で言い放つ。

「……どけ」

「さあ聡さん。こんな女、放っておきましょうよ。私と……」

聡の中に智香を殴りつけたい衝動が生まれた。いや、いっそ二度とこの耳障りな声を聞かずに済むように、首を捻ってやりたくなる。

怒りに突き動かされ、聡は智香に歩み寄った。

「兄貴……よせっ!!」

匡は何かを察したのだろう。短く声を上げる。

聡は智香の手から花瓶を取り上げ――勢いよく振り上げた。

派手な音が屋敷中に広がる。

花瓶は智香の頭上を越え、誰もいない壁に当たり粉々に砕け散った。この音を聞きつけ、すぐに両親も舞い戻って来るだろう。

「とっとと失せろ！　二度と俺の前にその面を見せるな。今度、夏海に何かしてみろ。俺にケンカを売ったことを後悔させてやる。忘れるな！」

「わ、私は……あ、あなたの婚約者として……」

「もういい、俺たちが出て行く」

聡はバスローブを脱ぐと夏海を包み込んだ。そのまま、ゆっくりと抱き上げる。彼自身は上半身裸で、下はパジャマのズボン姿だ。だが、最早そんなことを言っている場合ではない。

廊下に出るなり、聡は戻って来た両親と正面から顔を合わせた。

「父さん。早急に、この屋敷に取り憑いた悪魔を祓ってください。話はそれからです。今夜は……このまま失礼します」

「――勝手にしろ！」

聡は大股で廊下を進み、玄関に向かった。靴を履き、駐車場の車に近づく。だが、キーはスーツのポケットだ。舌打ちして、一旦戻るしかないと思ったとき、ガチャと車のロックが解除された。

振り向くと匡が駆け寄って来る。聡のスーツと鞄を持って来てくれたらしい。

「……悪いな」

「静が夏海さんの荷物を纏めてるから……。今はいいけど、ちゃんと説明してくれよな」

聡は無言でうなずいた。

夏海は自分の身体を抱きしめるように、小刻みに震えるだけだ。そんな彼女を後部座席に横にする。聡は裸の上にスーツのジャケットだけ羽織り、運転席に座った。静から夏海の荷物を受け取り……。

聡はやっと、夏海とふたりで池尻大橋のマンションに戻ることができたのだった。

☆　☆　☆

夏海はずっと、両腕で腹部を包み込むようにしていた。

智香に喚かれ、頭や背中を叩かれた気がする。その後、水をかけられて、夏海は微動だにできずじっとしていた。

一分一秒でも早く、嵐が過ぎ去ってくれることだけを願いながら……。

ふと気づけば、夏海は温かい湯船に浸かっていた。背後から抱きしめられ、ゆっくりと髪を撫でられる。

「さ……とし、さん？」

朦朧としていた意識が、少しずつ霧が晴れるようにはっきりしてくる。目の前に見慣れたバスルームの光景があり、真後ろから聡の声が聞こえた。

「気がついたか？」

「あの……ここは？」

「ああ、マンションだ。やっと、家に戻って来られた」

「ど、どうしましょう……わたし、どうしたら……」

夏海は、ふいに様々なことを思い出した。

自分に向かって怒鳴り散らした智香の姿だけでなく、それ以前に、とんでもない姿を見られてしまったことを。

聡の両親は夏海を軽蔑していた。静や匡は助けてくれたような気がする。だが、本心ではどう思っていただろうか？

（ご両親と同じように、軽蔑されたに違いないわ）

夏海の中に、例えようのない恥ずかしさが込み上げてくる。

そんな彼女の気配を聡は察したようだ。

「なるようになるさ。あの女……ここまで散々邪魔をして、俺が焦れて無茶するのを待ちかまえていたんだ」

「そんな……どうしてそんなことを？」

「さあな。親を巻き込んででも結婚しようと思ったのか。同じ婚約解消するなら、できるだけ慰謝料を取ろうとしたか。そんなところだろう」

聡は吐き捨てるように言う。

だが夏海にすれば、そこまでひとりの男性に執着するのは愛情としか思えない。

「でも、大病院のお嬢様なんでしょう？　お金なんて……よっぽど、聡さんのことが」

「愛、とか言い出さないでくれよ。冗談じゃない」

夏海の言葉を遮り、聡は鼻で笑った。そして、さも迷惑そうに口にする。

「見栄と体裁、あとは金だろう？　女が欲しがるのはそんなもんだ。俺に直接請求してくればいいんだが、父に行くとまた厄介だな」

「……ごめんなさい……」

やはり、何があってもドアを開けるべきではなかった。

智香と寄り添う聡を見るのが嫌で……本当は取り戻そうとしたのだ。聡は自分のものだと、錯覚していたのかもしれない。

夏海はすべて聡のものだが、逆であったためしは一度もない。

「君が謝る必要はない。これでよかったんだ。あんな女に振り回されるのも、これでおしまいだ。やっと、元の生活に戻れる」

その言葉にハッと我に返る。自分はもう、元の生活には戻れないのだ、と。

「夏海……嫌なことは早く忘れて、さっきの続きを楽しまないか？ ふたりきりで寛げるのは一ヵ月ぶりだ。君だって、あんなものじゃ満足してないだろう？」

「聡さん……」

聡の中で、夏海はセックスの対象でしかない。

わかっていても、今は切な過ぎて涙がこぼれそうになる。

「心ここに有らず、だな。まだ気になることがあるのか？ 匡に俺との関係を知られたことか？」

たちまち不機嫌になる聡に、慌てて言い訳をした。

「違います！ お部屋を……汚したままで、帰って来てしまったから」

リビングで愛し合った痕跡は、今も残っているだろう。ベッドのシーツも汚したままになってしまった。

朝、聡が部屋に戻ったあと、目につく部分はすべて綺麗にしておくつもりだった。

それなのに……。家政婦が後始末をするのだろうか？　もし、あかねだとすれば、夏海は身の竦む思いだ。

「気にするな。追い出したのはあっちだ。何をしているかわかってても、翌朝、あらためて言うのが礼儀だろう？　父は、俺を支配したいんだ。降参して頭を下げさせ、服従させたいんだよ」

彼は父親に対する嫌悪感を露わにする。

バスルームを出たふたりはベッドルームに直行した。聡は熱に浮かされたように、朝まで夏海を求め続けたのだった。

第七章　喪失

形としては、婚約者に秘書とのお楽しみの現場を取り押さえられた、ということになる。

当然、婚約は智香の側から破棄され、慰謝料問題に発展すると思われたが……。

一週間後、笹原家から連絡があったと実家に呼び出された。

聡の側からも民事専門の弁護士を立てている。それなのに、どうあっても直接連絡を取ろうとせず、父を巻き込もうとするのだ。

そのことを苦々しく思いながら、聡は渋々実家に戻った。

「十一月十一日だぞ。忘れるな」

聡は開いた口が塞がらない。

智香に婚約破棄の意思はなく、挙式披露宴は予定どおり行いたい、と伝えてきたと言う。

「他の女とのセックスを見ながら、それでも婚約破棄を受け入れないだって？　いったいどういう神経をしてるんだ？」

聡は呆れ果て、ただただ悪態が口をついて出る。

だが、父の意見は違った。男の浮気に寛大でありがたいことだ、智香が聡に愛情がある証拠だ、と笑う。

「とにかく、あの秘書は事務所を辞めさせろ。他にも女がいるなら、結婚までに身辺を整理しておけ」

「事務所の人事に口を出される覚えはない」

「笹原家は目を瞑ると言ってるんだ。感謝したらどうだ？　こんな馬鹿げたことが表沙汰になってみろ、弁護士がいい面の皮だ！　金が必要なら……」

「金がいるときは自分で用意する」

父の言葉を奪うように叫んでいた。

だが、そんな聡を鼻で笑い、

「結構なことだ。――まったく、馬鹿な女に入れあげおって。いくつになってもおまえは変わらんな」

「別に入れあげちゃいない。まさか本気で、僕に女がいないと思ってたのか？　黙っていたのは結婚する気がないからだ。遊びの女を一々親に報告する必要はないだろう？」

聡は夏海との関係を自嘲気味に言い返した。

それだけで、なぜか父に勝ったような気分になる。女に操られているわけでも、騙されているわけでもない、と。

父はそんな聡を横目で睨み、鼻にシワを寄せるとさらに命令口調を続けた。

「これ以上、母さんを泣かせるな。男の実家であんな真似をするような女は、ロクなもんじゃない！」

「夏海は僕に逆らわないように仕込んである。……それだけだ」

聡は即答した。

だが、それは父の目に、聡が夏海に『入れあげている』ようにしか映らない。

「フン、まだそんな甘いことを言っとるのか？　だから女にしてやられるんだ！　おまえと囯を天秤にかけ、静や母さんまで手玉に取るとは……たいしたものだ。おまえは利用されておるだけだ。気をつけんと、また罠に嵌められるぞ」

聡は無言で席を立った。

父の言葉、ひとつひとつが聡の心臓を抉る。

（――二度と父になじられるようなことにはならない。夏海は何もたくらんではいないし、俺を嵌めたりもしない。母親の入院費用欲しさに、従い続ける女だ！）

何度も、何度も、聡は胸の内で呟いた。


聡は父の書斎で不愉快なやり取りをして、最悪の気分でリビングに下りて来た。

車を運転して来ているので、一杯飲むわけにもいかない。そのとき、背後に人の気配を感じた。母は静と買い物中と聞き、安心していたのだが……今、顔を合わせるのは気が重い。

だが、振り返った聡の目に映ったのは、智香だった。

「正直言って、二度と会うことはないと思っていたんだが」

「あら、どうしてですの？　私は引き出物を何にするか、ご相談に来ましたのよ」

あの夜の一件など、まるで何もなかったかのようだ。智香は片頬に笑みを浮かべ平然としている。空恐ろしいものを感じるが、それでも聡から引くわけにはいかない。

彼は弁護士として冷静さを取り戻すと、静かな笑みを浮かべ、智香と対決姿勢を見せた。

「それは結構なことだ。ぜひ、君の結婚相手と相談してくれ」

「ですから、聡さんに相談に来たんじゃありませんか。お忘れになったの？　あなたの婚約者はこの私。秘書を愛人にすることは認めませんわ」

「君の行為に対して、私は婚約の無効を弁護士に依頼した。それと、どれほど父にすり寄っても、結婚は強制できない。妙な真似をしたら、慰謝料の金額が減るだけだ。場合によっては、君のほうが支払う羽目になる」

聡の余裕に今度は智香の顔色が変わった。

「散々浮気しておきながら……ただで済むと思ってらっしゃるの？」

「浮気？　匡の言葉を聞いてなかったのか？　私は内縁の妻である夏海を裏切り、浮気などしていない。慰謝料は、父が軽はずみに君と交わした約束に対して、だ。納得できないなら裁判にしてくれ。だが……私が君の弁護士なら、示談で済ませるほうを選ぶよ」

ようやく口を閉じた智香に背を向け、内心ほくそ笑みながら、聡は実家から引き上げようとした。

だが、智香という女を聡は甘く見ていた。

彼女は追いかけて来ると、信じられない台詞を叫んだのだ。

「やっぱり、あの女に結婚を迫られたのね！」

「君は何を言ってるんだ？」

「避妊……全くされてませんでしたわね？」

そう言うと、智香はニタリと笑った。

「客間にはひとつも使用済みのものがなかったんですもの。あの女、わざと妊娠したんだわ！　聡さんって本当に女を見る目がありませんわね」

智香の言わんとすることはわかる。

だが、まともな神経で口にできる内容ではないだろう。

「客間のゴミ箱を漁ったのか？　正気の沙汰じゃないな」

「いやだわ、気づいておられませんの？　あの女は咄嗟(とっさ)にお腹を庇ったわ。妊娠してるって自分でも気づいてる証拠よ。――あなた、また嵌められたんですわ。お義父様が知ったら、なんておっしゃるかしら？」

智香の耳障りな笑い声が、リビングを揺さぶった。

聡は懸命に平静を装う。だが、思い当たることがひとつずつ浮かんできて……。しだいに流れ出る汗を、止めることができなかった。

☆　☆　☆

聡が実家に呼び出されたその日、夏海は母の見舞いの帰りに、相模原市内のレディスクリニックに飛び込んだ。

受診は初めてで、すでに妊娠九週目、三ヵ月の半ばと言われる。胎児は心音も確認でき、異常なしと言われて夏海はホッと息をついた。

だが、万一にも使用先から妊娠がバレることを恐れ、夏海は保険証が提示できない。

そんな彼女の様子を訝しんだのか、夏海の母と同年代の女性医師から、出産の意思を確認された。

夏海は即座にうなずくが……。妊娠証明書を役所に持って行き、母子手帳の交付を受けるよう指導され、曖昧に微笑むことしかできなかった。

決断のときが迫っている。

聡に気づかれる前に、住む場所と仕事を探さなくてはならない。

ところがあの事件以降、聡は実家に戻らなくなってしまった。片時も夏海の傍を離れようとしないのだ。これでは荷造りもできず、引っ越し先も探せない。

ちょうどそんなとき、聡は実家から呼び出しを受けた。

『まったく！　こっちの弁護士を無視して、何がなんでも一条を通そうとするんだ。仕方がないから行って来る。金でさっさと片をつけてくるよ』

面倒くさそうに言う聡を、夏海は何も言わずみつめた。

（わたしが聡さんの顔を見るのは、これが最後かもしれない）

そう思うと、どうしても涙が込み上げてきてしまう。

だが、そんな夏海のことを聡は勘違いしたようだ。

『あの一件はさっさと忘れろ。俺の家族にどう思われようと、君が気にすることじゃない。二度と会うことはないんだから』

それは夏海にとって、あらためて聡との別れを決める言葉になった。

帰宅するなり、夏海は急いで荷物を纏めた。

しばらくはビジネスホテルに泊まり、その間にアパートを探そう。引っ越してきたときの旅行バッグに、夏海は必要なものだけ押し込んだ。

聡に買ってもらった洋服や靴、バッグなどのブランド品、価値のある宝飾品などはすべて置いて出ることにした。

この四年間、とくに同棲を始めてから、給料はほとんど貯金している。少なくとも、子供を産んで仕事に復帰するまでの生活費、そして二年程度の母の入院費なら賄うことのできる計算だ。

その先のことは、懸命に働けばどうにかなる。今はそう信じることしかできない。

ただひとつ心配なことは、聡が夏海を見つけ出し、契約書を盾に返済を迫ってきたら……と言うこと。

だが、あのお金は事実上、愛人でいることの〝お手当て〟だった。ふたりの関係を明らかにしてまで、返済を要求するとは思えない。

それに、聡がそこまで冷酷な人だとは思いたくなかった。

夏海は自分に与えられた部屋を、綺麗に片づけていく。

六畳程度の洋間でベッドと机、ドレッサーがあるくらいだ。オフホワイトの天井、それより少し優しい色合いのクリーム色の壁紙。窓には夏らしく水色のカーテンが揺れていた。

机に置かれた写真立てには、数少ない聡とのツーショットが入っている。プライベートではなく、仕事中に撮られたものだ。スーツ姿のふたりがぎこちない笑顔で立っていた。

ふたりの距離は約五十センチ。それは永遠に縮まることのない、近くて遠い五十センチだった。

夏海はほんの少し微笑み、ギュッと目を閉じる。

そのまま出て行こうとして……つい、冷蔵庫の中身を確認してしまう。

ご飯はすでに炊きあがっている。聡の好きなポテトサラダはたくさん作った。アジの南蛮漬けも昨日から作って置いてある。野菜の煮物は小分けにしてパックに入れたが、食べるときにちゃんとレンジで温めてくれるだろうか？

そんなどうでもいいことまで頭に浮かぶ。

キッチンカウンターの上に置かれた書き置きには――この四年間のお礼と、弁護士への道を諦めること、そして愛人契約の終わりが書かれてあった。

子供のことだけは絶対に言えない。

愛は……文章にするのも躊躇われた。

夏海は靴を履くと事務所の鍵を下駄箱の上に置き、室内に向かって深々と頭を下げた。

そして、彼女がドアノブに触れる寸前――。

ドアが素早く開き、飛び込んで来たのは聡だった。

☆　☆　☆

『夏海はそんな女じゃない！』

夏海に限って……男を罠に嵌め、わざと妊娠するような真似はしない。

気がつけば、ポーカーフェイスをかなぐり捨て、聡は智香に向かって叫んでいた。その足で実家を飛び出し、マンションに戻って来る。

いつもどおりなら、夏海も帰宅しているはずだ。今ごろは夕食の仕度をし、聡の帰りを待っている。智香の言葉など、誰が信じるものか。全部でたらめだ。夏海に尋ねればすぐに明らかになる。

暑気あたりだとたびたび吐いていたのも、食欲が極めて落ちているのも、仕事で集中力を欠き単純なミスが続いているのも……すべて、気のせいに違いない。

不安に潰されそうな心を奮い立たせ――それでもインターホンを押すことができず、そのまま上がってきた。

「聡さん……」

「その荷物は何だ！　私に無断でどこに行くつもりだ！」

「あの……これは」

「夏海、君に聞きたいことがある。さっさと来い！」

聡は強引に夏海の腕を掴み、リビングまで引っ張り込んだ。

十七畳程度のリビングはいつも以上にスッキリと片づいていた。ひとり暮らしのときはモノトーンに偏っていたインテリアが、夏海と暮らし始めて暖色系に変わった。

中央に敷かれたラグマットは毛足の長いピンクベージュ、ソファもクリーム色の布張り。ソファの前に置かれたガラステーブルには、ピンクのカーネーションとガーベラが、かすみ草を挟んで仲よく揺れていた。

聡はリビングに入ってすぐ、キッチンカウンターの上に置かれた一枚の紙に気づく。

「……どういうことだ？　弁護士を諦める？　愛人を辞めるだと。それでどうやって母親の入院費を払う気だ！　自分が食うこともできないだろう⁉」

「それは……」

口を閉ざす夏海の態度に、聡は嫌な予感を覚える。

無意識だろうか……先ほどからずっと、夏海の右手は腹部に添えられていた。

「夏海、まさか……妊娠してるんじゃあるまいな？」

一瞬で彼女の瞳に緊張が走った。

「そんな……どうして……そんな」

しどろもどろになり、まともな返事もできない。

「なら、ピルを見せろ。飲みかけのシートがあるだろう？　見せてみろ」

夏海は薬を取り出そうともせず、その場に固まったままだ。

それは最早、動かしがたい事実だった。

☆　☆　☆

このとき、夏海はパニックに陥っていた。

どうしてこんなに突然、聡に知られてしまったのだろう。これまで、あらかじめ口にした時間より早く、聡が帰宅したことはなかった。

どうすればいいのか……なんと答えればいいのか……頭の回線がショートして壊れてしまったようだ。

「子供が……できたんだな」

聡の声は恐ろしいほど低く、険を含んでいた。

「ごめんなさい……ごめんなさい、わたし」

夏海が観念し認めた瞬間、強い力で両腕を掴まれた。

「わざとピルを飲まなかったんだな。俺を嵌めたのか……よくも、そんな真似ができたもんだ」

「違います！　そうじゃありません。あなたが……戻らない日が多くなったから。生活パターンが変わって、どこかで飲み忘れて」

「嘘をつくな！」

血走った目で怒鳴られ、夏海は言葉を失う。

聡が怖い――夏海は摑まれたままの腕が痛くて身じろぎする。それに気づいたわけではなさそうだが、聡はサッと手を離した。

「言ったはずだ。――わざと妊娠するような真似はするな。それでも、結婚はしない、と」

聡はスーツの内ポケットから財布を取り出し、札束を夏海に向けて放った。一万円札が数十枚、彼女の足下に舞い落ちる。

「さっさと堕ろしてこい！」

それだけ言うと、聡は夏海に背を向け、ソファにドサッと腰を下ろす。

夏海はそんな聡に歩み寄ると、ありったけの勇気を振り絞った。

「子供は堕ろしたくありません」

「なんだと？」

「あなたに迷惑はかけません。認知も養育費も請求しません。第三者立ち会いのもとで念書を書きます。だから……お願いします。産ませてください！」

そう言って夏海は深々と頭を下げた。

しかし——。

「ダメだ！」

聡の返事はひと言だった。

「お願い……聡さん」

ソファに座る聡の横に跪き、夏海は懇願する。

「絶対にダメだ。君も司法を学んだならわかってるはずだ。母親が念書を書いても、認知や養育費を求める権利は子供にある」

「じゃあ、ここを出て行きます。二度とあなたの前には姿を現しません。子供にもあなたのことは……」

「だからなんだ⁉　君の約束など全部無効だと言ってるだろう。第一、俺を騙して妊娠したような女の言葉が、信じられると思うか⁉」

「騙してなんかいません！　本当に……」

「黙って出て行き、生まれたら実家に乗り込んで来るつもりか？　実子なら強制認知も可能だ。養育費や財産分与は当然として、慰謝料も取れるかもしれない。上手くやったつもりだろうが……俺は絶対に許さない！」

聡の目は夏海を睨みつけている。

だが夏海には、彼女を通り越して他の誰かを見ているような気がしてならない。

「二度と――父に罵倒されるような、無様なことだけはできないんだ。子供は絶対に堕ろしてもらう。来るんだ！」

聡は苛々した様子でソファから立ち上がり、夏海の手首を握った。夏海がハッとして手を引こうとすると、そのままズルズル引きずるように玄関まで引っ張って行く。

「やめて……お願い……乱暴にしないで」

聡に逆らい、夏海は玄関の三和土（たたき）に屈み込んだ。

「お願い、お願いします。絶対に迷惑はかけません。産みたいの。お願い、産ませてください」

冷たいコンクリートに膝をつき、夏海は聡に縋りついて頼んだ。

だが……。

「言ったはずだ。〝万一のとき、傷つくのは君だけだ〟と……来い！」


連れて行かれたのは、三ヵ月に一度ピルを処方してもらっている都内の総合病院だった。

聡の友人が産婦人科の部長を勤めている。すでに診察時間は終わっていたが、聡は友人に頼んで外来を開けてもらう。

内診を終えて夏海が隣の部屋に入ったとき、医師の前に聡がいた。

「これが中絶同意書。一条のサインと捺印が必要だ」

聡は友人の医師から一枚の紙を渡され……なんの躊躇も見せずにサインしたのだ。

それを目にした瞬間、夏海の中ですべてが終わった。

聡には、ほんのひと欠片も愛されてはいなかった。

どれほど酷い言葉をぶつけられても、聡の真実は他にある。彼は不器用で、わかりやすい愛はくれないけれど……。いつか必ず、夏海の捧げる愛に気づいてくれる。誰かを愛したい、結婚したい、聡もそう思ってくれる。

心の中で信じてきたのだ。

だが、すべて幻だった。

自分はなんと愚かな真似をしてきたのだろう。本当にセックスだけを望む相手に、求められるままに身体を開き、あらゆる行為を受け入れて来たとは。

智香から、愛人、娼婦と蔑まれて当然だ。聡の真意を見抜けず、妻になったように浮かれていたのだから。

（この四年間、わたしは本物の娼婦だったのね）

「じゃあ、こちらに」

呆然と立ち尽くす夏海だったが、医師から背中を押されたとき、反射的に払いのけた。

「嫌です！　わたしは堕ろしたくありません。手術は受けません！」

夏海はそのまま診察室から出て行こうとした。

「いい加減にしろ。これ以上、私に恥を搔かせるな！」

肩を摑まれた瞬間、聡の振り上げた手が見え……夏海は目を閉じた。

☆　☆　☆

夜が明ける。

朝まで事務所にいたのは久しぶりだ。

換気のため、わずかに開けた窓からは早朝とは言いがたい温い風が吹き込み……ため息をつくと、聡はすぐに窓を閉めた。

振り上げた手を下ろすことはできなかった。

夏海に騙されたことは悔しいが、殴ることは絶対にできない。友人の産婦人科医からは、当然のように手術を拒否された。

『とにかく、一度戻ってちゃんと話し合って来てくれ。本人が同意しないものを、強制的に手術はできない。それは違法だ』

そんな友人の言葉を思い出しながら、聡はデスクの上に視線を落とす。そこには……夏海の貯金通帳と実印、免許証、保険証が並んでいる。

聡は病院から戻った昨夜のことを思い出していた。

『わかった。それほど言うなら、愛人関係は清算してやる。事務所も辞めればいい。但し、子供を始末してからだ。堕ろさない限り、出て行くことは許さない』

聡は怒りに任せて口にしたが、すぐに後悔した。夏海がもし『わかりました』と言ったら、どうすればいいのだろう。そのときは、聡自身が別れを承諾したことになる。

ビクビクしながら、彼女の返事を待った。

『……じゃあ、ここで産むことになります』

夏海の声はこれまでと違い、凛として透き通っていた。

聡はつい意固地になってしまい、

『そのときは、君の母親は病院から追い出されることになる』

心にもないことを口にしていた。

『少しなら……貯金があります。それで、母の入院費を……な、何をするんですか⁉』

聡は夏海が手にしたバッグから、無理やり貯金通帳を取り上げた。

『返してください！』

『勝手な真似をされたら困るんだ。どうせ金だろう？　君が言うだけ払うから、さっさと始末してきてくれ』

自分でもよくわからなくなっている。

どうしてここまで、子供を産むなと言うのか。誰のために、なんのために……ただ、父に知られたくない。十三年前の屈辱だけは、二度と味わいたくない。それだけだった。

『嫌……です』

『なぜだ、夏海⁉　結婚も子供も望まない、充分に満たされている、幸せだ。あの台詞は、私を罠に嵌めるための嘘だったのか?』

夏海だけは聡に従順だった。

だからこそ、他の男をすべて追い払い、自分の傍に繋ぎ止めておきたかった。そのためなら、自らの資産をすべてつぎ込んでも惜しくはない。

その夏海が、あれほど聡が嫌がること——妊娠したのだ。

ふたりで過ごす時間は至福のときだった。本気でそう思っていた自分が、惨めに思えてくる。

『必要な物はなんでも与えた。いや、これからだって与えてやる。だから……』

聡が縋るように夏海を見た瞬間、彼女は信じられない言葉を口にした。

『わたしは……先生のことが好きです。ずっと好きでした。愛する人の……あなたの子供を産みたいだけなんです。お金はいりません。結婚してくれなくてもいい。あなたに愛されていないのはわかってますから。でも、子供だけは……』

『……あ、はははは……』

『せ、んせい?』

いきなり笑い出した聡を、夏海は訝しげにみつめている。

だが、聡は呆れて笑うしかない。夏海ほど機転の利く優秀な女性が、こんな陳腐な言い訳を始めるとは思わなかった。

同時に、胸の底から重くざわざわとした感情が湧き上がり、息をするのも苦しくなる。

全身を覆い尽くす不快感は、聡を昏迷の闇に叩き込んだ。

『愛してる？　ずっと好きだった？　笑わせるな。金のために抱かれておいて、妊娠したら、愛してる、か？　よくもそんな嘘が言えたものだ！』

聡は夏海のバッグを探り、さらに免許証や保険証、実印まで取り上げる。

『纏（まと）まった金がなければ家も借りられない。保証人もおらず、仕事もない、具合が悪くなっても医者にもかかれない。病院を放り出された認知症の母親を抱えて――さあ、どうするつもりだ？』

『……先生……』

『出て来る。明日の夜には戻る。それまでに覚悟を決めておけ！』


夏海を脅して家に置き去りにした。

「愛してる、か……」

子供を産みたいがために、あそこまで言うとは思わなかった。

しだいに、聡の中に別の感情が生まれてくる。胸に込み上げた焼けつくような痛みは、吐き出しても吐き出しても楽にはならない。

ひと晩中まんじりともせず考え、聡はひとつの結論に辿（たど）り着いた。

夏海は頼りなげに見えて頑固な女だ。一度決めたら、譲らない面を持っている。

その彼女が、プライドを捨ててまで妊娠という手段を取った。稔の言葉か、双葉の妊娠に触発されたのか、あるいは夏海自身が子供を欲しくなったのかもしれない。

あとは、智香の存在だろう。

夏海は強欲な女ではない。しかし今回、聡はなかなか婚約を解消しなかった。そのまま聡に捨てられることが恐れ、妊娠という手段を取った。

どちらにしても、夏海は絶対に中絶手術を承諾しないだろう。

聡は夏海名義の通帳を手に取り、中を確認する。毎月、決まった金額が積み立てられ、賞与はほぼ丸々定期預金にしてあった。

思ったとおり、夏海は散財するタイプではない。一条の金は手に入らなくても、子供の身分と生活費の保証さえしてやれば満足するはずだ。

夏海を妻にしてやろう。

智香のような魔女に捕まるくらいなら、夏海を妻にしたほうが百倍も千倍もマシである。両親も、待望の孫がいるとわかれば受け入れるだろう。

この件で、夏海が聡を頼らざるを得ないのは明白だ。

もう一度『子供を産みたい』と頭を下げてきたら、結婚を条件に認めてやればいい。愛だなんだと面倒なことは言わせない。子供を私生児にしないためと言えば、夏海も安堵するはずだ。

(夏海は、美和子のような女とは違う。今度こそ、俺の勝ちだ！)

妻より優位に立つ。

そのためには、愛などという聞こえのいい言葉に流されてはいけない。これほどまで反対した上で許してやれば、夏海は必ず聡に感謝するだろう。

如月には笑われるかもしれないが、子供のためと言えば聡の面目は保てる。

(夏海の『愛してる』は後づけの理由に決まってる。俺は仕方なしに結婚するんだ)

聡は愚かにも、夏海という妻を得て、父親となる。そんな幸福を頭の中で描き始めたのだった。


帰宅するのは十九時前後、いつもと同じ時間をジリジリしながら待ち、聡はマンションに飛び込んだ。

涙に濡れて縋って来るはずの夏海は、予想に反して冷ややかな視線を向ける。

「明日、手術を受けてきます」

「……え？」

一瞬、何を言われたのかわからなかった。

「それがあなたの望みなんでしょう？　子供は欲しくない。この子を殺せって」

厳しい口調で矢継ぎ早に言われ、聡は大きく動揺した。

「殺すなんて……大袈裟だろう。誰でもやってることだ。中絶手術の一度や二度……」

夏海に背を向けネクタイをほどきながら、言い方のまずさに気づくが――もう遅い。

「はっきり言ってください！　子供を殺して来いって……わたしにもこの子にも、愛情なんて微塵もないって言ってください！」

怒りを露わにして夏海は聡を怒鳴りつけた。

それは初めてのことで、聡も思わず息を呑む。そして、内心『これ以上言うな』と自分に叫びつつ、彼の口は墓穴を掘り続けてしまう。

「ああ、そうだ！　子供は始末してこい。私が一度でも子供を欲しがったか？　煩わしい感情は抜きだと、初めに言ったはずだ」

そのまま寝室まで行き、外したネクタイをベッドに放り投げた。

夏海は癖になっているのか、ごく自然な動作でそれを拾い上げ、クローゼットの専用ハンガーにかける。

聡が上着を脱ぐと、それも受け取った。

「――わかりました。明日、朝一番で行って来ます。午後からは仕事に出ますから」

「あ、いや……仕事は、休んでいい」

「大丈夫です。今日はもう、休みます。おやすみなさい」

その言葉からはなんの感情も伝わってこない。部屋から出て行く夏海の背中を、聡は呆然と見送った。

（ど、どうしたんだ夏海は……まさか、本気じゃないだろうな）

その夜、夏海は自分の部屋に入ったまま出て来なかった。

二日連続で聡は一睡もできずに朝を迎えた。

彼の予定では『子供を産みたい』と泣く夏海に、上着の内ポケットに入れた指輪を渡し、結婚するなら産んでもいい、と言うつもりだった。

喜ぶ夏海の顔を見ながら、昨夜は同じベッドで休んでいたはずなのに。

それが、どうしてこうなったのだろう？

聡はひと晩中クローゼットの扉を開け、指輪を確認しては、ふたたび戻す――そんな馬鹿げた動作を繰り返した。

（落ちつけ、慌てるな。土壇場で泣き出すに決まってるんだ。それからでいい。それからで……）

聡が着替えてリビングに行くと、夏海は早々に起き出していた。しかも、八時前には家を出ると言う。

「夏海……金を、渡しておこう」

「昨日、先生がくださったのが二十八万もあります。こんなにかからないと思います」

硬い声は透明な壁を作り、聡は夏海に近づくこともできない。

なんでも自分の言いなりになる。夏海は自分がいなくては生きていけない。夏海には自分が必要なのだ。

それは聡が創り上げた夏海で、真実の夏海の姿は……。

「私が、病院まで送って行ってもいいが」

「結構です。ひとりで……いえ、この子とふたりでいきます」

一瞬、夏海は穏やかに、それでいて寂しそうに微笑んだ。

そんな夏海を見送ったあと、聡は部屋の中で逡巡する。

（本当に、堕ろす気なのか……いや、まさか……もし、そうなったら）

病院が開くのは朝九時。自宅から友人の勤める病院まで車で約三十分。八時半を回った瞬間、聡は車のキーを摑み、玄関から飛び出した。

「え？　来てない？」

友人の産婦人科医は慌てふためく聡にビックリしながら、それとなく説教を始める。

「ああ、来てないよ。でも、結局そういう話になったのか？　だがな……一条、こないだのやり方は感心しないな。おまえが過剰反応する気持ちはわからなくもないが……」

この友人も十三年前の経緯を知っていた。

長くなりそうな友人の親切心からの言葉に「彼女が来たら、私の携帯に連絡をくれ」とだけ頼み、聡は病院をあとにした。

このとき、彼は安堵したのだ。やはり、夏海は直前で中絶を躊躇い、病院には来なかった。そうなれば当然、産ませて欲しい、と聡に泣きついてくるはずだ。

ネクタイもしておらず、一昨日から着替えてもいない。夏海の作ってくれた食事は口にしたが、砂を嚙むようだった。

だが、この件に決着がつくまで、食事をする気にもならなかった。

聡はそのまま自宅に戻る。ひょっとしたら夏海も帰っているかもしれない、と仄かに期待しながら……。

☆　☆　☆

——七日後。

「ようするに、夏海くんは妊娠したまま出て行った、ということか？」

一週間に及ぶ夏海の欠勤と、使い物にならない聡の状態に、さすがの如月も業を煮やしたようだ。

出勤するなり、聡は事情を問い質され……渋々白状した。

「ああ、そうだ。完璧にやられたよ。何もいらないとか言っていたが、生まれたら嬉々として連れて来るに決まっている。これでまた、両親や親戚中の笑いものだ……クソッ！」

聡は夏海のことを唾棄するように語った。

如月は呆れたように首を振り、

「ま、自分でやったことだから仕方ないな。養育費くらい払ってやれよ」

「冗談じゃない！　第一、今となっては、俺の子供かどうかも疑わしいんだぞ！」

「なんでそうなるんだ？」

如月の質問に、聡は訥々と語り始めた。

あの日、夏海は家には戻っていなかった。

聡は出社し、夏海の連絡を今か今かと待ち続けた。しかし、なんの連絡もないまま、彼女は出社しなかったのである。

終業直後、自宅に飛んで帰った聡を待ち受けていたのは……。

マンションのフロントに預けられた一通の封筒。中には、夏海に渡していたマンションと事務所の鍵が入っていた。

聡は慌ててエレベーターで二十七階に上がり、室内に駆け込んだ。

夏海の部屋のクローゼットに置かれた旅行バッグが消えている。だが、身分証などは聡が取り上げたままだった。

聡はすぐにクレジットカードを使用停止にした。キャッシュカードで引き出せる普通預金の口座もロックしたのだ。それは、夏海本人の承諾を得ず、弁護士の肩書きを違法に利用したものだ。

その翌日、聡は仕事を放り出し、夏海の母親が入院する病院に駆けつけた。

夏海は必ず母親の傍にいる。確信に近いものがあったが、病院の受付で言われたのはとんでもない言葉だった。

『昨日、一年分の入院費用を口座に振り込んだ、と連絡がありました。しばらく、こちらに来ることができないので……。そうおっしゃっておられましたが』

　一年分とはざっと三百万円ほどになる。夏海にそんな金があるとは思えない。それが意味するものとは……。

　聡は愕然として、その場に立ち尽くした。

「夏海の預金は全額俺が握っている。三百万もの金、すぐに用意できる額じゃない。――男に決まってる。夏海は俺に隠れて、他の男とも付き合っていたんだ。そいつの子供かもしれない。もしそうなら……ただじゃ済まさない」

　聡は椅子から立ち上がり、オフィスの中をウロウロと歩き回る。だが、怒りのやり場もないまま、また椅子に座った。話しながらずっと、そんな動作を繰り返している。

　一方、如月は至って冷静だった。

「夏海くんには兄姉がいるんだろ？　援助してもらったんじゃないのか？」

　もちろん、聡もその可能性は考えた。いくら疎遠であっても、大事な妹が頼って来たら普通は力になるだろう。

　そう思って、聡は自ら夏海の兄が住む大阪と、姉の住む名古屋を回ったのだ。

　しかし、

「どちらも話すのは自分の窮状ばかりだ。母親のことは夏海に任せている、としか言わない」

　その夏海が四年分の入院費を聡に借金したまま姿を消した、と伝えた。

もし見つからなければ、来月にも母親は病院を追い出されるかもしれない。夏海が払い込んだ金のことは言わず、ふたりを引っかけようとしたのだ。

「何を言っても、居所は知らないの一点張りだ。挙げ句、もし尋ねて来たらすぐに教えるから、それまで入院費用を立て替えておいて欲しい……だそうだ。呆れたよ」

夏海はいつも兄や姉を庇っていた。だが聡から見れば、それだけの価値があるとはとても思えない。

苛々と落ちつかない聡に、如月は苦笑いを浮かべて言う。

「おまえ……自分で動いてるのか？　金はあるんだから、調査会社を使え。いい加減、仕事に戻ってくれよ、一条センセ。秘書は派遣会社に頼んでおくから」

「秘書はいらない。そうか……調査会社か。この際、多少の恥は仕方ないな」

聡はこれまで取り引きのある調査会社の名前を思い浮かべる。

そのとき、如月がポツリと言った。

「なあ、聡。見つけ出してどうするんだ？」

「俺は騙されたんだぞ！　俺だけだと言って、従順なフリをして。その男とベッドの上で笑っていたんだ。絶対に許さない」

このとき、聡の脳裏によぎったのは夏海の姿ではない。

もう色褪せた十年以上前の記憶——ベッドで男と戯れる先妻の声。実際に目にしたわけでもない光景が、古い映画のフィルムのように流れ……しだいに女の顔が夏海へと変わっていく。

「やめとけ、聡。本当に男がいて、それだけの金を出したんなら、夏海くんと結婚する気かもしれない。もう、放っておいたらどうだ？」

あまりにも楽天的な如月の言葉に、聡はムキになって反論した。

「馬鹿を言うな！　俺の子供の可能性もあるんだ。もしそうなら、他の男を父と呼び、あんな女の手で育てられるなんて……そんなこと許せるものか！」

「捜し出してどうするんだ？　一発でも殴ろうものなら暴行罪や過失傷害罪で手が後ろに回るぞ。第一おまえ、無断で他人名義の口座とカードをロックしただろう？　夏海くんに告発されたら、弁護士バッジは取り上げられるんじゃないのか？」

違法行為の自覚があるだけに、聡はひと言も反論できない。

「――頭を冷やせよ、聡。夏海くんを見つけたところで、中絶手術の強制はできないんだ。諦めろ」

如月の言うことは正しい。だが、所詮は他人事だ。

聡にすれば、そう簡単に引き下がれることではなかった。

「その男も、騙されているのかもしれない。夏海の本性を暴いて、もし俺の子供なら裁判にしてでも取り上げてやる」

「ちょっと待て。ここは日本だぞ。鑑定結果がクロでも、認知して養育費を払うのがせいぜいだ。おまえが子供に主張できる権利はほとんどないぜ。しっかりしてくれよ、弁護士先生」

「修、おまえはどっちの味方なんだ⁉　俺は絶対に夏海を許さない！」

過去への執着が聡の心を追い詰め、多くのものを失わせた。どれほど大切なものを失ったのか……。

今の聡は親友の目に浮かぶ冷たい光にすら、気づくこともできなかった。

第八章　愚者の愛

九月の終わり、久しぶりに智香が事務所に姿を見せた。

最後に会ったのは、智香が夏海の妊娠を指摘したときだ。さすがの彼女も、あの日の聡の剣幕には相当驚いたらしい。

だが、一条家を通じて結婚式の準備が着々と進むのをよいことに、夏海の件には触れず、聡にも会いに来なかった。

「聡さんのお仕事がお忙しいと聞きましたから、私がすべて準備しておりますのよ。この招待状もギリギリ間に合ってよかったわ」

智香は聡のオフィスに置かれたソファに座り、結婚式の招待状が刷り上がったと嬉しそうに話し続ける。

そして夏海の姿がどこにも見当たらず、自分にお茶を持ってきたのが地味で目立たない容姿をした臨時の秘書と知り、満足そうに笑った。

臨時の秘書は智香を聡の婚約者と思い込んでいるのだろう。丁寧にお茶を出したあと、聡に会釈をして立ち去ろうとした。だが、その表情は一瞬で固まった。

聡は目の前に置かれた招待状のサンプルを、ふたつに引き裂いたのだ。そのままゴミ箱に叩き込む。それは、常識では理解できない行動だった。

お盆を抱えたまま動けない彼女に向かって智香は、

「よろしいのよ。聡さんはこういう方なの。皆さんにはおっしゃらないでね。ただの痴話ゲンカですもの」

なんでもないようにコロコロと笑い、臨時の秘書を聡のオフィスから追い払った。

そしてふたりきりになった途端、智香は本性を現す。

「あの女はクビにしたのね。ようやく聡さんもわかってくださって嬉しいわ」

「……」

ソファから立ち上がって無言の聡に近づいてくる。

智香はゾッとするような笑みを浮かべ、聡の二の腕に触れてきた。

「確認するまでもないことですけど……。子供は始末してくださったわよね？　私、愛人の子供なんて認めませんから」

「……」

「もちろん、誰にも話してはおりませんわ。あなたの恥ずかしい失敗は、私と聡さんだけの秘密にしておきましょうね。とくに、お義父様には知られたくないでしょう？　ほら見たことか、と言われるのに決まってますもの」

智香の指先はしだいに下へと向かい……ゆっくりと、聡の手の甲を擦り始める。

「子供でしたら、私が産んでさし上げますわ。もうそろそろ、よろしいんじゃないかしら？　Tホテルのスイートを予約しておきましたの……ね、おわかりでしょう？」

聡はこのとき、父に夏海の妊娠を知られ、大勢の前で罵られることを想像していた。『恥ずかしい失敗』そんな智香の台詞が、聡の心を屈辱の色に染める。

絶望感でいっぱいになった瞬間、彼の心は粉々に弾け飛んだ。

聡は思いきり智香の手を振り払う。

「何をするんですの⁉　あなたがいつまでも私を蔑ろにする気なら……私も黙ってはいられませんわ」

どうやら智香は聡を脅迫しているつもりらしい。

（お笑い種だ。こんな女に……無様なものだ）

聡は自嘲めいた笑みを浮かべた。そのままスーツの上着を摑み、オフィスを出る。

「聡さん！　なんとかおっしゃって、聡さん！」

背後から、智香の喚き声が聞こえてきた。だが、彼は一度も振り返ることなく、匡に会うため事務所をあとにした。

この一ヵ月、思いつく限りの知り合いを訪ね、それとなく夏海の話を持ち出した。

しかし、誰も夏海の名前に思ったような反応はなく。なんの手がかりも得ることはできなかった。

夏海の兄姉にも定期的に人をやって探らせている。母親の入院する病院も同様だ。看護師のひとりに金を摑ませ、夏海が見舞いに訪れたら連絡が来るようになっていた。

だが、そのどちらにも立ち寄った様子はない。

予想外だったのは、調査会社が全く役に立たなかったことだ。

そんなとき、思い出したように如月が、『そう言えば……匡くん、彼女に気があるんじゃなかったか？』そう口にした。

匡はほとんど実家には住んでおらず、ホテルやウィークリーマンションを転々としているらしい。国内、海外問わず出張が多く、独身で身軽なことも理由だと言うが、本当はあの父と暮らすのが嫌なのではないか、と聡は思っていた。

匡なら、三百万円くらいはした金だ。夏海を手に入れるためなら簡単に出すだろう。すでに関係があったとは思いたくないが……そのときは、匡の子供なのかもしれない。

時間をかければ、匡の現在の住まいを突き止められる。

そっと様子を見に行くこともできるが、もしそこに夏海がいたら？

ふたりが新婚夫婦のように暮らし、満面の笑顔で匡を迎える夏海の姿を見たら——とても正気ではいられない。

聡はこっそり調べることをやめ、本社勤務の匡に連絡を取った。勤務中に訪ねたり、迂闊な場所で会ったりしては、すぐに父の耳に入ってしまう。

聡は『相談がある』と嘘をつき、匡を自宅マンションに呼び出したのだった。

匡は部屋にやってくるなり、夏海のことを口にした。

「夏海さんと別れたんだって？　やっぱり結婚の件だろ？　どうすんだよ。あの女、まんまと親父に取り入って、マジで進めてるぜ」

匡の顔を見た瞬間、聡の理性は嫉妬と名前のついた爆弾に吹き飛ばされていた。

いきなり匡の胸倉を摑み、喉元を押さえるように壁に叩きつける。

「なに、すんだよ！　痛いって、兄貴……なんだよ、これ」

「夏海はどこだ？」

「はぁ？」

「おまえだろう！　おまえが夏海を匿ってるんだろう⁉　夏海は俺の女だ。おまえには絶対にやらない。さっさと言え！」

首を絞める勢いで、聡は怒鳴り声を上げていた。

「はい。これでおしまい。いい歳して、ホント、馬鹿ねぇ」

双葉は笑いながら聡のおでこを叩いた。

「おまえが言ったんだぞ。匡が怪しいって」

「違うだろ。責任転嫁するな」

夜十一時過ぎ、こんな時間に聡が如月家を訪れることなどまずない。

しかもアルコール臭をさせ、スーツをだらしなく着崩した姿など、如月はともかく、双葉には初めて見せた醜態だ。

　さらに如月夫妻を驚かせたのは、聡の顔や手に誰かと殴り合った傷があることだった。相手が匡と聞き、兄弟ゲンカなら警察沙汰にはならないと安堵したらしい。双葉は呆れながらも、手当てをしてくれた。

「じゃ、匡くんはシロか。女子大生とは……羨ましいねぇ」

　双葉が子供の様子を見に、二階へ上がったのをいいことに、如月は軽口を叩き出す。言いがかりをつけられた匡は当然怒った。聡を振り払うなり殴りかかって来たのだ。頭に血が上った聡は、判断力を欠いたまま殴り返した。

　兄弟ゲンカのあと、聡は千代田区にあるウィークリーマンションに連れて行かれた。匡が玄関に入るなり笑顔の出迎えを受ける。聡はビクッとしたが、もちろん夏海ではなかった。その女性は二十一歳の女子大生で、一ヵ月前から一緒に暮らし始めたという。

　聡は両親には言わないことを約束し、匡に詫びて、すごすごと引き下がった。

　ここまで馬鹿をしでかしては、とても飲まずにはいられない。

「カードを使おうとした形跡もない。遠い親戚から知人、友人……誰も訪ねていないんだ。夏海は……いったい、どこに行ったんだ⁉」

　聡が愚痴を言える相手は如月だけだ。やけ酒を飲んだ勢いもあり、迷惑を承知で、ついつい家まで来てしまった。

「おいおい……大声を出すな。子供が起きる」

双葉に入れてもらった氷水を一気に飲み干し、聡は空になったグラスを握りしめた。その指は小刻みに震えている。

「もう一ヵ月以上か。金がないならホテル住まいはないな。やっぱり男か」

如月にしみじみと言われ、聡はむきになって答えた。

「うちの事務所に入ってから、夏海が知り合った男はたいした数じゃない。全部把握してる」

「それ以前は？　大学時代の友人知人、恩師とか」

「深い仲の男はいない。そんな男がいるなら、母親の入院費用で困ったときに頼ったはずだ。全く痕跡がない。夏海は完全に姿を消している」

とても夏海ひとりでできることではない。手を貸した男がいるなら、充分な金を持っていて、聡以上にコネも知恵もある男、と言うことになる。

呆然（ぼうぜん）とする聡に、如月が次に言ったことは……。

「じゃあ、警察に行ってみたらどうだ？」

「警察？　冗談を言うな。捜索願いを出したところで警察が何をしてくれる？　見つかったら教えてくれるだけだ」

「身元不明遺体――とか」

「……!?」

一瞬で聡の顔から血の気が引いた。焦点が合わなくなり、彼自身が遺体のように白くなる。

そんな聡を横目で見つつ、如月は冷たく言い放った。

「おまえ、相当酷いこと言ったんだろう？　絶望して海に身を投げたか……山で首を吊ったのかも……」

「馬鹿なことを言うな！」

「だから大声を出すなって。……生きてないから、痕跡がないってことは考えられないか？」

考えたくはなかった。

だが……聡は翌日から、関東一円の警察署から出されている〝身元不明遺体〟リストのチェックを始めた。

☆　☆　☆

夏海が消えて二ヵ月——季節は秋へと移り変わっていた。

このころになると、いよいよ事務所全体の仕事にも悪影響が出始めた。

元々ワーカホリックの傾向にあった聡が、全体の半分もの仕事をこなしていたのだ。しかし現在、聡の仕事の内容は散々だった。失態に次ぐ失態で、〝企業弁護士の第一人者〟と呼ばれた聡の信用は失墜し、クライアントは一社ずつ減っていった。

秋に予定していた中近東の仕事も早々にキャンセルとなり……。

夏海がいなくなったことで、事務所の灯りすら消えたようになっている。

（こんなに見つからないとは……思ってもみなかった）

聡は初め、夏海に対して怒りの炎を燃やしていた。怒りを理由にして、必死で夏海を探したのだ。

しかし、そういつまでも怒っていられるはずはない。

時間が経つごとに怒りの炎は小さくなっていき……やがては消えて、聡は孤独の闇に突き落とされた。

それでも、彼は理由を探した。

『俺の子供かもしれない。だから、俺には男の責任があるんだ』

その言い訳を聞くなり、如月が言った。

『男の責任は結構だが、所長としての責任も考えてくれ』と。

次に聡が理由にしたこととは、

『夏海のものを預かったままだ。それを返さなければならないだろう？』

如月は呆れたように笑うだけで……。

預かったと言うのは詭弁だろう。聡が強引に取り上げたカードに保険証、免許証、そして預金通帳。

しかし、そんな自分に対する言い訳すら、通用しない日がやって来た。

この日も聡は仕事のあと、闇雲に夏海を探して回った。ふたりで歩いた場所や出入りした店など、ただ街中をうろついているだけに等しい。

「お帰りなさいませ。一条様」

歩き疲れてマンションまで戻り、無言のままカウンターで郵便物を受け取ろうとする。

だがそのとき、フロント係が思いも寄らぬことを口にしたのだ。

「郵便物は先ほど戻られた奥様にお渡ししておきました」

その瞬間、聡の心臓は跳ね上がった。

(夏海だ！　夏海が帰って来たんだ！)

聡の胸に灯りが点る。

闇の底に沈み冷えきった心が、一気に浮上する。

八月に妊娠三ヵ月だった。そのことは診察を受けた友人の医師に確認済みだ。夏海が子供を堕ろすわけがない。今はもう五ヵ月になっているだろう。

聡を愛していると言っていた。おそらくあの言葉は真実で、夏海は聡が忘れられなかったのだ。

いや、あるいは……酷くつらい思いをして、聡に救いを求めて来たのかもしれない。

それでもいい。どうやって金を用立てたのか、この二ヵ月どこで暮らしていたのか、何も聞かずにおこう。

夏海さえ戻って来てくれるなら、すべてを水に流すつもりでいる。

聡はエレベーターに飛びつき、ボタンを何度も押した。

エレベーターの扉が開くのも待ち遠しい。だが、二十七階まで階段で駆け上がるよりましだろう。

エレベーターに乗り込むと、今度は二十七階のボタンを何度も押す。そして、ドアが開いた瞬間、聡は転がるようにエレベーターから飛び出し、廊下を走った。

だが……そこまで来て、聡の足は鈍る。

自分は、十三年前と同じ失敗を犯そうとしているのかもしれない。すべてが夏海の計画だったとしたら？　そんな最悪の想像に囚われてしまう。

聡は大きく息を吐き、頭を振った。

（だったら、なんだ！）

この地獄の二ヵ月を考えればたいした問題ではない。赤ん坊を連れたカップルを見るたび、後悔に胸は千切れそうだった。

（嘘でもいい！　夏海になら、騙されてもかまわない）

聡は震える指で鍵を取り出した。焦る気持ちを抑えながら、ドアを開け、部屋の中に飛び込んだ。

「夏海！　夏海どこだっ！　夏海！　なつ……み」

夏海の名前を大声で連呼しながら、部屋中を探し回る。

だが、奥の寝室から出てきたのは……。

「……智香……」

そこにいたのは、聡が一番会いたくない女だった。

「失礼じゃありませんこと？　愛人だった女の名前を呼ぶなんて。鍵は管理人さんに開けていただきましたの。私の荷物もそろそろ運び入れませんと。そうしたら、まだあの女の荷物が残ってるじゃありませんか？　纏めて処分いたしましたわ」

智香の指差した先には、夏海が置いていった荷物がゴミ袋に入って置かれていた。

そのほとんどが、聡が選び、買い与えたものだ。比較的容易に換金できる、高級ブランドのバッグや時計、鑑定書付きの宝石など……持ち出せば最低でも数ヵ月分の生活費にはなったはずだ。

なのに、夏海はひとつも持ち出さなかった。

それは彼女が金目当てではなかった証拠だろう。

「それと、あちこちに枯れた花があったので捨てましたわ。私、赤い薔薇が好きですの。全部それに変えて……」

智香の言葉と同時に、聡は薔薇の前に駆け寄った。

そこには、ピンクのカーネーションとガーベラが、かすみ草とともに可憐（かれん）な花びらを揺らしていたはずだ。

ほんの二ヵ月前まで、聡は夏海の選んだピンク——優しい彼女の温もりそのものの色に包まれ、この上なく幸福だった。

彼は手を伸ばすと、真っ赤な薔薇を花瓶から抜き取り、床に叩きつける。

「な……何をなさいますのっ！」

怒りに満ちた智香の抗議が聞こえた。

しかし、聡はそれを無視して、手近なゴミ袋を漁り始める。そして、中から枯れた花を取り出し、花瓶に戻した。

「なんの嫌みですの？　枯れた花なんか……聡さん？」

「……夏海の花だ。うちの花は、夏海が取り替えるんだ。貴様が勝手に触るな！」

聡は花びらがすべて落ち、茶色く枯れ果てた花を大事そうに両手で包む。聡の目に、それは今も鮮やかなピンク色に映っていた。

聡はゴミ袋を手に立ち上がり、荷物をすべて元の場所に戻していく。

智香は彼のあとを追いかけてきた。鬼女のように目を吊り上げて、何か叫んでいる。

だが、聡の脳裏に浮かぶのは、その一枚一枚を身に着けたときの、夏海のはにかんだ表情だけだ。

その中に、清涼感漂う水色のパーティドレスを見つけた。

六月にクライアントの創立記念パーティで着るはずだったドレス。強引に用意させたものの、夏海の言うとおり、パーティには智香を同伴しなければならなくなり……。

（一度も着せてやれなかった……俺は、夏海に嘘をついたんだ）

夏海が小物やインテリアに選ぶのはピンクやオレンジ色が多かった。その反面、洋服はベージュやブラウンなどアースカラーを好んだ。

放っておくと、クローゼットは地味な色やデザインのものばかりになる。そもそも聡は、ブルーやブラック、シルバーなど、クールな色が好みなのだ。

聡の一方的な好みに、夏海は文句も言わずに合わせてくれた。

その瞬間、夏海と積み重ねて来た数えきれないほどの思い出が、聡の心に甦(よみがえ)った。

彼の心の奥には固く鍵をかけ、目を逸らせ続けた扉がある。荒れ狂う感情が奔流となり、その扉を突き破った。

閉じ込めた思いが溢れ出す。心臓が激しく鼓動を打ち始め、耳のすぐ傍で今にも破裂してしまいそうだ。

(夏海が俺のものだったんじゃない……俺が、夏海のものだったんだ)

この四年間……仕事も生活も……すべて、彼女とともにあった。聡の過去はすべて夏海が塗り替え、色鮮やかな未来まで用意してくれていた。

夏海が出て行き、家は家でなくなった。台所は一度も使っておらず、洗濯もしていない。風呂もシャワーのみ……ベッドのシーツは取り替えてすらいないのだ。

ほんの少し前、聡の胸に点った灯りは、夏海の幻とともに消え堕ちた。

聡の心に、ふたたび闇が蠢(うごめ)く。

少しずつ少しずつ光の部分まで侵食する。

「夏海……な、つみ……なつ……み……」

聡はドレスを抱きしめて泣いた。

そして、ただ、愛しい人の名を繰り返す。

四年をともに過ごし、最後の二日間、自分が夏海にした仕打ちは――。聡の胸は、ドリルで削られるように痛んだ。

それは彼が初めて経験する、気が狂いそうな痛みだった。

☆　☆　☆

数日後、智香から一条家に正式な婚約解消の申し入れがあった。挙式予定日のわずか十日前にことだ。

理由は、聡の不貞と事務所の業績悪化。

これまで、どれほど強行に追い払おうが、聡から離れようとしない智香だったが……。

枯れた花を大事そうにみつめるだけでなく、夏海の服を抱きしめて号泣する聡の姿に、智香は堪えようのない怒りと幻滅を覚えたと言う。

『ご存じでしたかしら？　聡さん、あの愛人を妊娠させたんです。お義父様にバレる前に堕胎させようとして、逃げられたそうですわ。ああ、その分もしっかり慰謝料に上乗せしてくださいね。私、とっても傷つきましたのよ』

智香は腹いせに、夏海の妊娠まで暴露していった。

その件に憤慨したのは実光だ。

しかし、真相を尋ねようにも、聡は実光の呼び出しに応じる気配もない。慰謝料を含めた話し合いの席にも、聡は現れなかった。

さすがの実光も業を煮やし、聡を怒鳴りつけるつもりで事務所に乗り込んだ。

聡に相談もせず、挙式予定を組んだことは否定しない。聡が智香を苦手としているのもわかっていた。そしてここ数年、聡が愛人を持ち、その女にのめり込んでいることにも気づいていたのだった。

三年前、聡の婚約が寸前で破談となる。性格の不一致という相手からの申し入れだったが、このとき、実光は聡の身辺を調べさせ、夏海の存在を探り当てていた。

何があっても聡は一条家の長男だ。稔の不妊が発覚した今、一条の家名と会社を継ぐのは聡以外にはいない。

そして今度こそ、釣り合いの取れた家庭のお嬢さんと結婚させてやりたかった。

夏海は聡の前妻とは違い、素行にはなんら問題はない。だがすでに父親は亡く、母親は完治の見込みのない病を患っている。弁護士の妻であればプラスになる優秀さも、大企業の社長夫人には必要のないものだ。

十三年前は、最終的に聡の我がままを許してしまった。父親として、子供の間違いはどんなことをしても正すべきだったのだ。智香が最良の妻とは言えない。だが、聡を一条家の後継ぎとして望んでいることは間違いないのだ。

夏海は聡を一条の家からどんどん引き離していった。聡を後継ぎに連れ戻すためにも、夏海との関係を続けさせるわけにはいかない。

実光は色んなことに気づきながら、ただひとつ、肝心なことに気づけなかった。

聡が最初の結婚でどれほど傷ついたか。

また、実光の言葉により、その傷がどれほど深くなっていたのかを――。


「どうしたんだ、聡⁉」

実光は聡のオフィスに通され、息子の顔を見るなり叫んだ。

ほぼ毎日顔を合わせている事務所の人間も、日々やつれていく聡を心配していた。だが、約二ヵ月ぶりに会った実光にとって、聡の姿は異常としか言えない。

常にスポーツジムで身体を鍛え、アスリート並みの体形を維持していた。それが……筋肉が落ち、全身が薄くなったような印象を受ける。体重も十キロ近く落ちて見えた。顔はさらに酷く、頬はこけ、目の下には隈ができている。

どう見ても病気としか思えなかった。

「どこか、悪いのか？　あの……秘書のお嬢さんと一緒に暮らしとるんだろう？」

あのときは、とんでもない場面に出くわし、実光もカッとなった。

だが、今となれば、いきなり踏み込んで家から追い出すなど、適切な対応ではなかったと思う。

聡はあそこまで夏海に惚れ込んでいる。となれば、諦めさせるのは無理だろう。それならば、いっそ夏海のほうを取り込むことを考えたほうが得策だ。智香が婚約破棄を申し入れてきたら、さっさと済ませて、夏海を呼び出して話をつけよう、と。

あかねも夏海を責めたことを後悔していた。年齢差や仕事上の立場から考えても、聡に責任があるのではないか、と。

だが、聡はデスクの前に座り、能面のような顔でパソコン画面を凝視している。

「夏海さん、だったかな。もう一度、家に連れて来なさい。話によっては、あの夜のことは水に長そうじゃないか」

聡の顔色を探るように夏海の名前を口にした。

すると、ふいに聡は顔を上げ、口元に冷笑を浮かべたのだ。

「ああ、夏海ですか？　あの女は捨てました。わざと妊娠したんでね」

「お……おまえ、また」

「そうです。また、女に嵌められたんですよ。でも今度は昔のようにはならない。——夏海は、僕が好きだ、子供を産みたいと泣くんです。金はいらないなんて、馬鹿げている。僕に金以外の価値なんてあるわけないのに。そうでしょう？　お父さん」

実光は聡の様子がおかしいことに気がついた。目の焦点が合っていないのだ。

だが、挑むような笑みを浮かべ、聡は喋(しゃべ)り続ける。

「力ずくで病院に引きずって行ったんです。そうしたら、怒って出て行きました。金も持たずに、馬鹿な女だ。夏海とは手を切りましたよ。これで満足でしょう?」

聡はまるで、あやつり人形のように口元を歪めて笑う。そしてふたたび無表情でキーボードを叩き始めた。

実光は背筋にゾッとするものを感じ、今さらながら、必死に歩み寄ろうとする。

「智香さんとの婚約は解消した。夏海さんと結婚したいなら、すればいいじゃないか。子供がいるなら……」

リズミカルな音がピタッと止まった。

聡は狂気に満ちた目で父親を見上げている。

「今さらなんですか？　僕は女を見る目がないんです。そう言ったのはお父さんだ。子供は殺せと言いました。もう、始末したでしょう」

「聡、おまえどこか悪いんじゃないのか？　医者に診てもらったほうがいい。仕事も上手くいっとらんと聞いたぞ。一度、休みを取って……」

その瞬間、聡はデスクの上に置かれた湯呑を手で払った。湯呑は派手な音を立てて壁に激突し、床に落ちて粉々に砕ける。

「仕事の邪魔をするな！　帰ってくれ。僕のことはもう、放っておいてくれっ！」

☆　☆　☆

取り返しのつかないあやまちに気づいてから一週間が経った。

その間、聡はほとんど何も食べず、浴びるように酒を飲み、気を失うように少しばかりの睡眠を取る。

意識があるとき、頭に浮かぶのは夏海のことだけだ。

あの日初めて、夏海は聡に向かって怒鳴った。よほど腹に据えかねたのだろう。彼女は聡に愛想を尽かして出て行った。そんな男の子供を、苦労してまで産むはずがない。

もし、金を出してくれた男がいるなら、子供を堕ろすことが条件だったかもしれない。

そして、今ごろはその男と一緒に……。

ほとんどが妄想にすぎないが、確実なことがひとつだけある。もう二度と、夏海は聡のもとには戻らない、ということ。

それを考え始めると、食事はおろか水も咽を通らない。眠ることもできず、聡は少しずつ生きる気力を削られていった。

『――女を舐めると痛い目見るぞ』

如月が口にした〝忠告〟だ。

その痛みを苦い思いで嚙みしめる聡だったが――。

彼はさらなる痛みを味わうことになる。

十一月後半、聡は事務所に顔を出さない日が多くなった。

そして十二月に入ってすぐのこと。その日はとうとう無断欠勤をする。クライアントは半減し、周囲では所長交代の噂が出始めていた。

だが、聡はまだ夏海の捜索を諦めてはいなかった。

通算六社目となる、今度は個人経営の興信所に依頼していた。その興信所から、今朝早く連絡が来たのだ。

調査報告書を受け取るため興信所を訪れた聡は、驚愕の事実に辿り着いた。


――バンッ！


蝶番を壊しそうな勢いで、聡は如月のオフィスのドアを開けた。

他の所員には遅刻の理由も話さず、事務フロアを素通りしてきたのだ。背後でざわめく声が聞こえたが、聡は無視した。

如月の机の前には聡の両親が立っている。ふたりとも驚きのあまり、声を失っていた。

だが、今の聡はそれどころではない。

「修……ようやく、三百万の送金元が判明した」

「ほう。えらく時間がかかったな。もう、三ヵ月以上経ってるぞ」

聡は拳を握りしめ、怒りに全身を戦慄かせていた。

調べ始めた当初、付き合いのある調査会社に依頼したが、まさか手を回されているとは思わない。諦め半分で小さな興信所に飛び込み、真相が判明したのだ。

そんな聡とは対照的に、如月に慌てたところは全くない。彼はゆっくりと立ち上がり、外してあったスーツのボタンを留めた。

そのままデスクから離れ、聡の前に立つ。

「まさか、こんなに身近にいるとは思わなかったんだ！　――夏海をどこに隠した？」

「おいおい、人聞きの悪いことを言うなよ。俺がおまえから、可愛い彼女を奪ったみたいじゃないか？」

如月は皮肉めいた笑みを浮かべながら、悠然と腕を組んだ。

次の瞬間、聡は如月に飛びかかる。

「おまえが奪ったんだ！　おまえには女房がいるだろう？　子供もいる。なのになぜだ？　なぜ、俺から奪う？　夏海の居場所を教えろ！」

スーツの襟を掴み、殴りつけようとしたとき――如月の顔から笑みが消えた。

「わざと妊娠した、罠に嵌めた……そう言ったのは誰だ？　愛しているから子供を産ませて欲しい……そう言って泣いて縋る彼女に、子供を殺してから出て行けと迫ったのは⁉　どこの誰か、さあ、答えてみろ！」

「それは……」

味方だと信じた親友に裏切られた。聡はその事実を突きつけられながら、にわかに受け入れられず……事務所まで来たのだ。

だがここまで詳しいことを、聡は如月に話してはいない。

それは、夏海自身が彼に話したと言うことだろう。

裏切りは真実だった。聡はショックと怒りで胃に激痛が走る。息をするのも苦しく、奥歯をギリギリと嚙みしめた。

だが、どうしたことか、如月の怒りは聡のそれを凌駕しているとしか思えない。

如月は聡に比べて、常に前向きで何事も深刻にならない人間だ。ケンカの仲裁に入ったり、ジョークで場を和ませたり……その如月が、ここまで激昂したのは初めてではないか？

聡は如月の怒りに圧倒され、声を失った。

「大学を卒業したばかりで、母親の入院費用に困っていた彼女に、金を出してやるから愛人になれと迫ったんだろうが！　それから四年だ。彼女がどれだけおまえに尽くしてきたかわかるか？」

言われなくともわかっている。

いや、〝今は〟わかっている、と言うべきか。夏海がいたから、聡は仕事だけの人間ではなくなった。彼に男の余裕と自信を与えてくれたのは、夏海だ。

だが聡には、それを言葉にすることができない。

「おまえを必死で支え、一人前の男にしてくれたのは夏海くんだ。その彼女を、四年間散々弄んだ上、孕ませて捨てたんだ」

違うと言い返せず、聡は胃の痛みをグッと耐える。

「彼女が許してくれる間に、どうして優しい言葉をかけてやらなかった？　俺は夏海くんにも言ったんだ……結婚してって言えばいい、と。自分から素直になれないおまえなら、そのチャンスに飛びつくと信じていたからだ！」

「だ……から……おまえが代わりに、優しくしてやったのか？　見るに見かねて……子供はおまえの子か？」

聡が唸るように呟いた瞬間、如月の拳が聡の左頬に入った。

これまでふたりは同じくらいの体格をしていた。だが、今の聡は体重も体力もガタ落ちだ。一発で壁まで殴り飛ばされ――聡は呻き声を上げて床に座り込む。

「まだ言うか⁉　この大馬鹿野郎が！　だったら教えてやるよ。俺が親友のおまえを騙したわけを。おまえと作ったこの事務所を、潰してもかまわないと思った理由を――」

如月の告白は衝撃的で……聡はこの日、自分の犯した真実の罪を知ることになる。

第九章　許されざる罪

八月の終わり、休み明けの月曜日、如月夫妻は早めに出社した。九時が始業であったが、その日は一時間近く早かったと思う。

「一条くんも残業が好きよねぇ。夜のオフィスってやっぱり燃えるのよね」

「まぁな。ウチも燃え過ぎて三人目だからな」

如月より一歳年上の双葉は、夫以上に豪快で快活な女性だった。

夏海のことを妹のように可愛がり、派遣社員たちからも慕われていた。十年も結婚生活を続ければ、当然色々なことがある。だが、双葉はそういったマイナス要素を引きずらない、如月にとって理想的な恋人であり、妻であり、子供たちの母親でもあった。

ふたりは朝っぱらから夫婦の会話を楽しみながら、事務所に足を踏み入れる。

直後、鍵がかかっていた事務所の奥から、何かが倒れるような音が聞こえた。それは聡のオフィスの方向からだと気づき……。

「泥棒？」

「朝にか？」

ありえないと思いつつ、如月は身重の妻を事務フロアに待たせて、ひとり中に入って行く。

まずは待合室を兼ねた秘書室がある。そこには夏海のデスクとベンチタイプのソファがあった。人の気配は奥にある聡のオフィスからのようだ。

「ね？　誰かいる？」

「おまえ……待ってろって」

「いいから、早く。ホラッ」

おとなしく従うというタイプの妻ではない。

諦めて如月がドアを押し開け、中を覗き込んだとき——信じられないものが目に飛び込んできた。

オフィスの窓は上下二段に分かれている。換気のため、上段だけ少し開くようになっていた。その窓のサッシ部分に、なぜか電気コードがかかっている。

そして、その電気コードを結び、輪になった部分に首を入れ、今にも足下の椅子を蹴り倒そうとしている夏海の姿があった。

双葉は声も出せず、息を呑んだ。

如月はすぐに聡のデスクに飛び乗り、窓の桟に足をかけて夏海を抱き上げる。

片手で電気コードを夏海の首から外し……気がつけば、如月は夏海を抱きしめ、床の上に座り込んでいた。

「何をやってるんだっ⁉　夏海くん、しっかりしないか！」

夏海は虚ろな瞳で中空をみつめ、小声でぶつぶつ何事か呟いていた。手も足もカタカタ震えている。如月はそんな夏海の両肩を揺さぶった。

「おいっ！　聡と何があった？　なんでこんなこと……」

「修……これ」

双葉は聡のデスクの上に置かれた白い紙をみつめていた。彼女の顔が見る間に青褪め、その紙を如月に突きつけた。


『一条聡様。

赤ちゃんをひとりで死なせることはできませんでした。

こんなところでと、さぞ苦々しく思われることでしょう。でもこれは、わたしの通帳やカード、身分証まで取り上げたことに、抗議の意味もあります。

この子を始末しろとおっしゃるあなたに、わたしは絶望しました。

わたしの愚かなあやまちで与えてしまった命に、謝罪の意味を込めてともに逝きます。

いつかは愛してもらえると、夢を見続けた四年間はとても幸せでした。でも、これで終わりにします。

事務所の皆様には、ご迷惑をおかけしますこと、心からお詫び申し上げます。

ありがとうございました。

ごめんなさい、そして、さようなら。

　　　　　　　　　　　　　　　　　　　　織田夏海』

遺書を持つ如月の手が震えた。

「まさか……本当にあいつが言ったのか？　子供を堕ろせ、なんて」

如月にはとても信じられることではない。だが、目の前の出来事が、それを真実だと告げている。

そして彼はすべてを聞いたのだ。四年にも及ぶ、聡の夏海に対する惨い仕打ちを。

確かに、聡は似たような言葉でふたりの関係を告白した。

だが、照れもあり、親友に悪ぶって話したにすぎないと思っていた。なぜなら、誰の目にも聡は呆れるほど夏海に夢中だ。まさか、本人だけが最後の最後まで気づかないとは。

愚昧も過ぎればいっそ腹立たしい。

聡は夏海に向かって『愛人』と呼び続けた。そして契約書を盾に愛を拒絶し、身体だけを求めたのだ。聡はその関係に満足していたという。

だが――それが成立するのは、夏海の献身ゆえだと、どうして気づかないのか。

「わたしが馬鹿だったんです。先生を信じて傍にいたら……いつか、愛してる、と言ってもらえるかも、なんて。先生にとって、わたしはただの娼婦でした」

夏海を自殺に走らせた最大の原因は、聡が躊躇もなく中絶同意書にサインしたことだと言う。

「赤ちゃんに……申し訳なくて……わたしのお腹に宿ったばかりに、父親に憎まれて疎まれて……わたしのせいで、産んであげられない」

そう言うと、夏海は嗚咽とともに床に倒れるように泣き崩れた。

如月には慰める言葉がない。

それ以上に、彼も自分を責めていた。友情を優先し、盲目的に聡を信じてしまったことに。あまりにも節穴だった自分の目に、憤りすら覚える。

しかし、双葉の怒りは夫の比ではなかった。

「許せない……いいえ、許さないわ！　なっちゃん、あの男を訴えるのよ。傷害罪でも脅迫罪でも……一条くんから、弁護士バッジを取り上げてやればいいわ！」

「落ちつけよ、双葉……とにかく」

「落ちついていられるもんですかっ！　子供を始末ですって⁉　その前に、あの男を法曹界から始末してやろうじゃないのっ！　修、あなたも弁護士ならそれくらいできるわよね？　あの、馬鹿男に負けたら承知しないわよ」

妻の鼻息に、如月は逆に落ちつきを取り戻してくる。

「もちろんできるさ。この事務所を潰してもいいんならね」

如月には守るべき家族がいる。三人目が生まれようというときに、共同経営者を潰すということは、彼自身も仕事を失うということだ。

だが、腹の据わった双葉にそんな警告は無意味だった。

「だったら何？　弱い者も守れない弁護士なんて必要ないじゃないの！　何が一条先生よ。女子供を踏み躙る男なんて、クズ以下だわっ！」

「ダメ……です。双葉さん、やめてください。わたしのせいで……皆さんにこれ以上のご迷惑は』

　双葉の激しい言葉に我に返ったように、夏海が震える声で言う。

「どうして止めるの？　なっちゃんが甘やかすから、あの男は益々つけ上がって……」

「待て双葉。それ以上言うな」

　双葉が夏海の立場だったら、間違いなく聡を一発ぶん殴っているだろう。元々が、黙って引き下がるタイプではない。

　だが夏海は違う。廊下で待っていろと言われたら、聡に呼ばれるまでじっと同じ場所で待っているような女性だ。

　そんな夏海がいたからこそ、聡は一度失った〝男の自信〟を取り戻すことができたのだろう。だがそれと引き替えに、夏海は〝女の自信〟を根こそぎ聡に捧げてしまった。

「俺にひとつ考えがある。奴ほどじゃないが、俺だってそこそこの金なら用意できる。合法的な手段で逃げきって、姿を隠す術くらいは知ってるさ」

「そんなご迷惑はかけられません。如月先生は全然関係ないのに……」

「いや、まさか、奴がここまで馬鹿だとは思わなかった。奴を煽って助長させたのは俺だ。夏海くん、君が死ぬことはないんだ。子供のことも君が決めればいい」

☆　☆　☆

「これがそのときの遺書だ。双葉が二度とこんなものを書くなって、ビリビリに破いたんだ。俺が拾って貼りつけた。いつか、おまえの目が覚めたときに見せてやろうと思ってな」

引き裂かれ、ふたたび貼り合わされた夏海の遺書を手にした瞬間、聡は震えが止まらなくなった。

「こんな……知らなかった。あのとき、まさか……こんなつもりで」

そのとき、ふいに夏海の言葉を思い出した。

『この子とふたりでいきます』

そう言って静かに微笑んだ夏海は、子供と逝く覚悟をしていたに違いない。

そんな夏海に、聡は死ねと言ったのも同然だ。

「ホント、おまえの女を見る目は最悪だな。おまえのことなんか愛してもいない女を必死で庇い、命懸けで惚れてくれた女を、ボロボロに傷つけて捨てるとは」

「違う！　捨てるつもりはなかった。もう一度、産みたいと言ってくれたら……結婚を申し込むつもりだったんだ」

（そうだ。あと一度だけ、夏海が頼めば……そうすれば）

心の中で繰り返した聡に、如月は辛辣な言葉を投げつけた。

「同じ台詞を、夏海くんの遺体に向かって言えたか？　死ぬ前に、なんでもう一度言わなかったんだ、と。どうなんだ、聡？」

如月の言葉はすべてが正しく、反論もできない。聡は自分の愚かさから、ただひとりの親友を失った。

そして如月がここまで怒っているということは、夏海はそれ以上なのだろう。

どうにか立ち上がろうと思うのだが、膝が笑ってまるで力が入らない。

「……わかった。でも、一度だけ夏海と会わせてくれないか？　頼む」

そのまま膝を揃え、聡は倒れ込むように床に額をこすりつけた。

「会って……せめて謝りたい。俺のしたことを、詫びたいんだ。修、頼む。会わせてくれ」

「聡、自分のやったことを思い出してみろよ。彼女もそうやって、床に手をついて頼んだんじゃないのか？　おまえは、そんな彼女になんて言った？」

ダメだ、絶対に堕ろしてもらう——泣いて縋る手を振り払い、引きずるように車に乗せたのは聡だった。病院では中絶を嫌がる夏海に腹を立て、手を上げたのだ。本当に殴る気はなかったが、夏海は本気で怯えていた。

聡は如月の問いに、声もなくうなだれる。

如月はスーツの襟を整えると軽く埃を払い、聡に背中を向けた。

「そういうことだ。——夏海くんはやっと立ち直りかけてる。悪いが、おまえが彼女を傷つけないという保証はない」

そこまで、黙って聞いていた父が口を開いた。

「待ってくれ、如月くん。わしが約束しよう。聡には間違いなく謝罪させて、責任を取らせる。君と聡は親友じゃないか。こいつのやつれようを見たら、本気だとわかるだろう？」

父の取り成しに、如月は呆れたように笑う。

「ああ、道理で。とんだ馬鹿息子になるわけだ」

「な……なんだと！」

聡には、如月の覚悟がわかった。彼は本気で事務所を潰してもいい、と思っている。そうでなければ、一条グループの社長相手にこんな返事はしないだろう。

そんな如月が眩しく、羨ましかった。聡にはそんな度量はない。

「どうする？　おまえの親父さんは、まだおまえを支配したいらしい。まあ、親ってのはこんなもんだ。問題はおまえ自身だな。〝下半身の馬鹿ムスコ〟がしでかした責任を、パパとママに取ってもらうか？」

如月の言動は酷く挑発的だ。しかし、今の聡には言い返す気力もなかった。

「いや……両親は関係ない。自分の責任は自分で取る」

とはいえ、夏海の書いた遺書に見合う責任の取り方が、聡にはわからない。

聡はハッとして顔を上げ、如月に尋ねた。

「ひとつだけ……教えてくれ。子供は？　俺の子供は……どうなった？」

ひと筋の糸に縋るような気持ちだった。

せめて子供のために、罪を償う機会を与えて欲しい。神に祈るように、聡は如月を見上げた。

そんな聡の未練をどう思ったのか、如月は首を左右に振りながらため息をつく。彼は断頭台の上で待つ聡の上に、躊躇なく斧を振り下ろした。

「おまえが望んだとおりだよ」

その簡潔な答えに、聡は固く目を瞑った。

(当然の報いだ。『始末しろ』と言ったのはこの俺だ。夏海は俺を許さない。我が子の死刑執行書にサインした俺を、死んでも許さないだろう)

聡は夏海を取り戻せる唯一の絆が断たれたことを悟った。

そのとき、彼は生きる意味と自らの価値を見失ったのである。

胃が激しく痛んだ。鷲づかみにされ、まるで雑巾のように絞られるみたいだ。聡は唇を噛みしめるが、遂に耐えきれず……。

咽元に込み上げてきたモノから、鉄の匂いが鼻に抜けた瞬間——彼は吐血した。

「——聡!」

血溜まりに突っ伏しかけた聡を、抱きとめてくれたのは如月だった。

同時に、複数の悲鳴と「救急車を呼べっ!」という叫び声が耳に入る。

「聡! しっかりするんだ、聡!」

「聡さん……死なないで……聡さん」

「一条先生。すぐに救急車が来ますから。気をしっかり持ってください」

たくさんの声が聡の名前を呼んだ。

だがその中に、彼が最も聞きたい人の声はない。そしてそれは、永久に聞くことのできない声になった。

四肢の先端が砂粒のように崩れていく。冷たくなり、力も入らなくなる。しだいに誰の声も聞こえなくなり、聡は薄れ行く意識の中でひとつのことを考えていた。

このまま死ねば、子供に会えるかもしれない――と。

☆　☆　☆

聡が倒れた五日後、如月は妻を伴って聡のマンションを訪れた。

出血性胃潰瘍――聡に下された病名だ。胃は穿孔一歩手前で、吐血は潰瘍が血管まで達したためだった。

原因は当然、過度のストレス。これまでも、たびたび胃痙攣（けいれん）を起こしていたらしい。加えて、飲み慣れないアルコールの過剰摂取で肝臓も弱っており、一週間の絶食と二週間の入院が指示された。

現時点では決して命に関わる病気ではない。適切な薬も投与されており、栄養補給は点滴のみだが、回復に充分な量だった。

にもかかわらず、この五日間、聡は日増しに衰弱している。

『心療内科の先生に診ていただき、典型的な心身症から来る胃潰瘍と言われたんです。それを説明したんですが、一条さんが治療を拒否されて……。これじゃまるで、時間をかけて自殺してるようなものですよ』

そんな医者の言葉を、如月は聡の母、あかねから聞かされた。

救急車の中で意識を取り戻した聡は、両親に向かって言ったそうだ。

『僕に万一のことがあれば……遺言書をマンションの書斎のデスクに入れてあります。……親不孝ばかりで……すみませんでした』

遺言などとんでもないことだ、と実光は取り合わなかったらしい。

あかねも当初は混乱して気に留める余裕はなかった。だが医者の言葉を聞き、遺言書の存在を思い出した。それを読むことで、少しでも聡の真意が知れるなら、と如月に頼んだのだった。

聡が事務所の近くのマンションに住んでいたころ、如月はかなり頻繁に訪れていた。とくに開業直後、徹夜の残業が続いた時期はよく泊まったものだ。だが、聡が今のマンションに移ってからはほとんどない。

転居直後に訪れたとき、如月は『なんのために三ＬＤＫが必要なんだ？』と、からかったことを思い出す。

「修、書斎を探して遺言書を見つけてきてくれる？　私はちょっと……窓を開けて換気するわ」

双葉は夫に声をかける。

着替えや身の回りの品は聡の母がすべて揃えていた。とくに持ち出すものはないので如月ひとりで充分だったのだが、双葉が自分からついて来たのだ。どうやら、別に思惑があるらしい。

如月は玄関を入り廊下を真っ直ぐ進む。突き当たりの部屋が、多分書斎だったように思う。ドアを開けると予想どおりで、窓際に濃いブラウンの両袖机があった。鍵のかかる引き出しを開け、遺言書を確認する。

そのとき、リビングに向かった双葉が大きな声で如月を呼んだ。

如月は慌てて妻の声のする方向に向かう。

リビングに一歩踏み込むなり、二十七階の冷たい風が如月の頬を撫でた。

どうやら双葉は窓を全開にしたらしい。しかしそこは、如月の知っているリビングとはまるで違った。

夏海と暮らし始める前、リビングは整然としているだけの無機質な部屋だった。それが今は、温かな気配が部屋全体を包み込んでいる。

聡は、『下着の一枚まで俺の趣味』と偉そうに言っていた。だがこの部屋を見る限り、インテリアは夏海の趣味に合わせていたに違いない。それも無意識のうちに。

夏海がいたころは床にビールの空き缶が転がることもなく、どこもかしこも綺麗に片づ

けられていたのだろう。今は、キッチンのカウンターには字が書けるほど埃が積もってい
る。
それを目にした如月は、物悲しさを禁じえない。
「修、こっちよ。早く来て！」
リビングに入って右手側にドアがある。ドアを押さえたまま、双葉が手招きしながら夫
を急かした。
「どうした？　何があるんだ？」
そこは六畳程度の洋間だった。入り口の正面に作りつけのクローゼットがあり、見たこ
とのあるスーツやワンピースがかかっている。
夏海の部屋だったのかもしれない、と思いつつ……。
「これ全部、一条くんが揃えたのかしら？」
「……だろう、な……」
部屋は真ん中に白いベビーベッドが置かれていた。オーダーメイドのようだ。しっかり
した木枠で、もちろん角は丁寧に取られている。赤ん坊がどこに触れても、ぶつかって
も、平気な作りだ。
双葉がベッドに近づき、赤ん坊の代わりにベッドで眠るテディベアをそっと抱き上げた。
ベッドの向こうには電動式のスウィングラックがあり、天井からはメリーが吊られてい
る。

壁紙は他の部屋とはまるで雰囲気の違う、可愛い動物柄に張り替えてあった。カーテンも柔らかなレモンイエローで、絨毯(じゅうたん)はナチュラルグリーンだ。

隅に置かれた真っ白な六段のベビータンスを開けると、そこには靴下から産着まですべてが揃っていた。

コンセントにはカバーがつけられていて、聡の気の早さに如月は呆れてしまう。

胸の奥にやり場のない悲しみと怒りが湧き上がり……ベビーベッドの隅に置かれたガラガラを拾い上げると、彼はその手で思いきり壁を殴っていた。

そしてそのまま、手にした遺言書を開封する。

「修、ちょっと！」

双葉は慌てて止めようとするが、それを無視する。

「馬鹿だ。あいつは……大馬鹿だ！　これほどの思いに、なんで気づけないんだ！　これほど望みながら、どうして素直に喜ばなかったんだ⁉　馬鹿にもほどがある……」

遺言書は公証役場で作成されたものだった。

民事専門の弁護士に立ち会いを頼んだらしい。原本は公証役場で保管され、ここにあるのは正本だった。

内容は要約すると、『事務所の代表権は如月に委ねる』そして『個人財産はすべて織田夏海と彼女の子供に譲る』とある。

愚かで不器用で、自分の価値を金で換算するように刷り込まれた――聡に許された愛の告白。

「……こんなことだと思ったのよ」

「え？」

　如月は双葉の呟きに声を上げた。

　事務所の経理をしている双葉の話によると、経費用に作ったカードの請求書に、ベビー用品専門店の名前があったという。不審に思い確認したところ、聡はプライベート用と間違えて使っていたことが判明した。それが、つい昨日のこと。

「一条くんは〝愛してる〟と気づかなかったんじゃなくて、本当に〝愛されてる〟ことに気づけなかったのよ。そんな彼を、なっちゃんは盲目的に愛してしまった。ねえ、修……彼女を迎えに行きましょう」

「だが……」

「彼女に決めてもらうのよ。一条くんは死のうとしてる。それを伝えて、許すかどうか決めるのは私たちじゃない。なっちゃん本人だわ」

　双葉の気持ちはよくわかる。しかし、聡の傷は如月の想像よりかなり深かった。そんな聡によって負わされた夏海の傷も、まだ癒えてはいないのだ。

　夏海は一度も聡の近況を尋ねようとはしない。無論、聡に会いたいとも言わない。

　そんな彼女を気遣い、智香との婚約が解消されたことも、聡が倒れて入院したことも伝えてはいなかった。

「二度と会いたくない。入院も自業自得だと、言われたら……どうする？」

「そのときは仕方ないわね。彼の失態が、取り返しのつくものかどうか……ダメなときは
それこそ〝自業自得〟よ」

双葉は厳しい言葉で言いきる。

不安はあるが、この部屋だけは夏海に見てもらいたい。如月も双葉同様、その思いを強く感じていた。

☆　☆　☆

「ありがとうございました！　またよろしくお願いします」

お釣りを手渡しながら、夏海はにっこりと微笑んだ。

彼女は聡が驚くほど東京に近い場所にいた。横浜市にある双葉の実家の近くで、個人商店がほんの少しスーパーに格上げしたような店でレジ係をしている。住居もそのスーパーの二階。同じ階に店主一家も住んでおり、すべて如月夫妻の口利きだ。

最初の二週間は、とてもひとりにできる精神状態ではないと言われ、双葉の実家に置いてもらった。如月の家では、さすがにバレる可能性が高いと思われたからだ。

だが、落ち込む一方の聡に比べて、夏海はその二週間で見る見るうちに元気を取り戻した。

高校生のころから実家を手伝っていたこともあり、接客は得意だ。大学時代は生協でアルバイトしたこともあり、レジ打ちの経験もある。幸運だったのは、この店は座ってレジが打てることだった。長時間の立ち仕事は妊娠七ヵ月の妊婦にはかなりの負担となる。

如月は聡の問いに、『おまえが望んだとおりだよ』と答えた。

別に嘘をついたわけではない。それは間違いなく、〝今の〟聡の望んだとおりだった。

聡に取り上げられた保険証や免許証は、届けを出せば再発行が可能だ。しかし、如月の忠告に従い、夏海はそのままにした。

母の入院費用を一年分払い込むのも如月の発案だった。夏海が母の心配をしないで済むように、と言ってくれたが……どうやら、聡を慌てさせるためでもあったようだ。

双葉は夏海の負担を気にして、出産に専念するよう生活費も用意してくれた。しかし、夏海はそれを断った。

聡が通帳を返してくれたら、如月に返済しても少しくらいは余裕がある。だが、子供が生まれたらどうなるかわからないのだ。

少しでも働けるときに働いておかなければならない。三月の出産予定日ギリギリまで、夏海は働くつもりだった。

愛する人を失い、仕事も何もかも失った。

でも、今の夏海にはお腹に子供がいる。最初は聡の言うとおりにしなければならないと思い込んでしまった。悲嘆するあまり、死を覚悟したが……寸でのところで如月夫妻に救われたのだ。

そして双葉から『お腹の子供を守れるのはなっちゃんだけ』と言われ……。夏海の中の母性が目を覚ました。

いざとなれば、聡と戦う意思もある。

十月ごろ、如月は仕事のついでに立ち寄ってくれたが、その後は一度も会ってはいない。双葉とは電話で連絡を取っているが、あえて、聡のことは何も聞かずにいる。

今はもう十二月……ひと月前に、聡は智香と結婚したはずだ。

八月に聡の実家に泊まったとき、客間に忍んできた聡と抱き合っている最中に乗り込まれた。あのときの智香の叫び声は、今でも耳に残っている。きっと一生、忘れられないだろう。

夏海は子供が大きくなったら、パパは死んだ、と教えるつもりだ。

あなたはパパとママが愛し合って授かった命、あなたが生まれてくるのをパパは楽しみにしていた、と。

そんな嘘なら、神様も許してくれるだろう。

「なっちゃん、お疲れ。如月先生の奥さんが来てるよ」

「え？　双葉さんがですか？」

夏海は店長に声をかけられ、驚いて入り口辺りを見る。すると、夏海より少し大きいお腹の双葉が、笑顔で手を振っていた。

軽く会釈して、夏海も微笑んだのだった。

「ど、どうして？　どうしてこんなことに……」

そこは約四ヵ月ぶりの〝我が家〟だった。

一歩足を踏み入れ、夏海は愕然とする。初めてここに来たときでも、こんな状態ではなかった。よけいな物がひとつもなく、機能的で少し冷たい印象を受けたのを覚えている。それは聡自身のイメージに重なった。

自分がいなくなれば、婚約者の智香が喜んで聡の世話をするはずだ。万にひとつ、彼女がしなくても、人を雇えば済むことである。

それが……キッチンは夏海が出たときのままになっていた。

鍋ひとつ使った形跡はなく、冷蔵庫も缶ビールとミネラルウォーターが入っているだけだ。布巾の位置も、洗剤の量も変わっていない気がする。

洗濯機も動かした様子はなかった。下着や靴下などが適当にゴミ袋に突っ込んである。どうやら、汚れたら新しいものを買って着替えていたらしい。

さすがに、ワイシャツやスーツはクリーニングに出していたようだ。しかし、戻って来た夏用のスーツはクリーニングの袋に入ったまま、部屋の隅に放り投げてある。しわくちゃで、とても次に着るどころではない。

夏海は拾い上げたスーツを手に、リビングではなく聡の寝室に向かう。

そこは饐えたような匂いが充満し、夏海は口元を覆った。

スーツをクローゼットにかけると、窓を開け空気を入れ換える。カーテンを開けたとき、夏海は初めて気づいたのだ。薄汚れたシーツの上やベッドの周囲に、洋酒の瓶やビールの空き缶が転がっていることに。

驚きのあまり立ち尽くす夏海に、双葉はリビングのほうから声をかけた。

夏海がリビングに向かうと……そこは数ヵ月、誰も住んでいなかったように埃が積もっていた。

聡は帰宅すると、お酒を抱えて寝室に籠もっていたのだろうか？

そんな疑問を持った夏海に、双葉が答えをくれた。

「ビックリしないでね」

「ええ……でも、ここはわたしの部屋だったんですけど」

入った瞬間、夏海は涙が込み上げてきた。

「これって……先生が？」

「ひとつひとつ見つけて、買ってきては組み立てたり、飾ったりしてたみたい。ベッドはなんとオーダーメイドよ。壁紙は自分で張り替えたみたい。所々空気が入ってボコボコしてるのよ。不器用よねぇ」

双葉は壁を触り、フフッと笑った。

壁紙の重なった部分が少し歪んでおり、近づくとお世辞にも上手とは言いがたいものだ。夏海にはとても信じられず、思わず首を振っていた。

「嘘よ……こんな……嘘だわ。この子のためじゃないです」

「あの一条くんに、他に誰かいる？」

「智香さん……奥様に子供ができたんじゃないんですか？　そうでなければ……」

声にして『奥様』と言うのがつらく、夏海は顔を伏せた。

「奥様？　ああ、あのイカれた女ね。一条くんが仕事もせずにあなたを探し回って、クライアントが半分に減って……『聡さんはもうおしまいね』とか言いながら、さっさと慰謝料をぶん取って婚約破棄してたわ」

双葉の言葉に夏海は息を呑んだ。

「婚約……破棄？　それに、クライアントが半分って……どういうことですか？」

如月から、聡を訴えることも弁護士資格を剝奪することもできる、と言われた。だが、事務所を潰すようなことはして欲しくない、とお願いしたのだ。

仕事は聡の生きがいだ。どんな困難な状況でも、懸命に考えてひとつずつクリアしていく。決して途中で投げ出したり、諦めたりしない。そんな聡の仕事に向かう姿勢は、夏海にとって永遠の憧れだった。

だが、夏海に向かって双葉は残念そうに答えた。

「あなたがいなくなって、仕事どころじゃなくなったのよ。とくにこの一ヵ月、一条くんはまともな仕事はしてないわ」

「あ、秋には西アジアの企業とも契約するって……」

双葉は小さく首を左右に振った。

「じゃあ、先生は今どこにいらっしゃるんですか？　双葉さん、教えてください！」

夏海はこのとき初めて、聡が倒れて救急車で運び込まれたことを聞いた。

入院して七日目、聡に回復の兆しはない。仕事どころか、このままだと命が危うくなることも、と言われ……。

「お酒ですね。寝室にお酒なんて……信じられない」

「飲まなきゃ眠れなかったみたいね」

「お酒は好きじゃないって。それに、強くもないのに」

「馬鹿よねぇ。あれだけ酷いこと言いながら……あなたのほうから一条くんを捨てることはない、と思い込んでたみたいよ。おめでたいにもほどがあるわね」

そんな双葉のわずかに怒った声色を聞き、夏海は泣き笑いを浮かべて答えた。

「そう、ですね。何を言われても……傍にいたかった。この子を産んでいいって言ってくれたら……わたしは一生愛人のままでよかったのに」

双葉は仕方ないといった感じでため息をつく。

「実はね。あなたの失踪に、うちの亭主が一枚嚙んでるのがバレちゃったの。で、あのときの遺書を一条くんに見せたわ」

夏海の身体は小刻みに震えた。

答えを聞くことは怖かったが、それでも聞かずにはいられない。

「先生は……なんて？」

「直接、聞いてみる？」

夏海は少し考え、ゆっくりとうなずいた——。

第十章　永遠の愛を君に

聡はずっと、夢と現実のはざまを彷徨(さまよ)っていた。

自分は取り返しのつかない失態を……罪を犯してしまったのだ。

ベビー用品は目につくたび、買って帰った。気がつくと、夏海の部屋が子供部屋のようになっていた。聡は気をよくして、壁紙やカーテン、絨毯(じゅうたん)も選んだ。

店員に『いつお生まれですか?』と聞かれ、『ああ、来春には』と答える。

『男の子か女の子かわからないんでね、どちらでも融通の利く色にしてやりたいんだ』

ごく自然に、そんな言葉を口にしていた。

『それは楽しみですね』

『優しいお父様で、赤ちゃんも幸せですね』

店員からそんな言葉をかけられ……聡は現実を忘れ、束の間の幸福に浸った。

本当は、嬉しかったのだ。

愛と不安がせめぎ合う中、狂おしいほど夏海を抱いた。そのたびに、もし子供ができれば夏海を一生独占できる、と何度も考えた。

なのになぜ、彼女を抱きしめ『結婚しよう』と言えなかったのだろう。

幸せは目の前に、いや、この腕の中にあったのに。

(君に会いたい。せめて、死ぬ前にひと目会って、心から詫びたい。死なせた子供への贖罪は、この命をもって俺がする。だから……)

夏海にはすべてを忘れて、幸せになって欲しい。

そこまで考え、『なぜあのとき、そう言えなかったのだろう』……思いは堂々巡りだ。

「先生……ちゃんと召し上がって、早くよくなってください」

朦朧とする聡の耳に、夏海の声が響いた。

目を開けると、そこに夏海がいる。彼女の白く細い指が、聡の乱れた髪をそっと整えてくれた。

「……なつみ……」

聡は掠れた声で愛しい人の名を呼んだ。

「はい」

夏海は穏やかなまなざしで聡をみつめ、さらには微笑み返してくれた。

（ああ……夢か。そうでなければ、夏海が俺に笑いかけてくれるはずがない）

だが、聡は胸を撫で下ろしていた。

「よかった……やっと、笑ってくれた。あの日からずっと、夢の中の君は泣いてばかりで……いや、俺が泣かせたんだ。君の笑顔が好きだった。夏海……君は俺の生きるすべてだったよ。愛していたんだ。初めて会ったときからずっと。口説き方がわからなくて……気がつけば愛人にしていた。何年も女性を抱けなくて、君を抱いたとき、夢みたいに幸せだった。プロポーズ……したかったな。君の誕生日ごとに指輪を買って……どうしても渡せなかった。クローゼットの隅に四個も転がってる。笑えるだろう？」

聡の髪を撫でる手が止まり、夏海はゆっくりと目を伏せた。

「……知っていました。初めは、他の女性へのプレゼントだと思ったんです。でも、〝NATSUMI〟と彫ってあって。いつか、はめてもらえるって……そう信じてたんです」

その言葉に、ひょっとしたら〝本物の夏海〟も気づいていたのかもしれない、と聡は思った。

「そうか……お見通しか。夏海、君の部屋を子供部屋にした。壁はクリーム色で、低い位置にたくさんの動物が描いてある。そのほうが子供の目に入りやすいだろう？　カーテンは太陽をイメージして黄色にした。カーペットは草原のイメージだ。本当は海のブルーでもよかったんだが、女の子だったら可哀相だと思って。楽しかったよ。店で迷ったときは、妻と相談してきます、と答えるんだ。君と……相談して……色々決めたかった……」

聡のこめかみにひと筋の涙が伝った。

堪えきれず、言葉が途切れる。

その涙を夏海の指が拭ってくれた。

「ブルーでもよかったのよ。男の子だから」

「ああ……そう、か……男の子だったんだね。息子、か……やりたいことが、いっぱいあったな。俺は……俺は、息子を……殺せと言ったのか……」

あとは言葉にならない。

嗚咽で聡は息が止まりそうな気がした。

だが、夏海の幻に看取られ、死ねるなら本望だ。

「生まれ変わったら……もう一度会いたい。今度こそ、幸せに……したい。君にも、息子にも、もう一度……」

「そんな先の話をしなくても、来年の三月には会えます。あの子供部屋に免じて、この子への失言は内緒にしてあげますね。聡さん、早く元気になって、ちゃんとプロポーズして

ください。生まれる前じゃないと、本当の父親じゃないって思われるかもしれませんよ」

聡はずっと夢だと思い、話し続けていた。

だが、何かおかしい。

聡は恐る恐る手を伸ばし、夏海の頬に触れてみる。

「な、つみ？　……夏海？」

「はい」

その瞬間、夏海の瞳からひとしずくの涙がこぼれ落ち、聡の震える指先を濡らした。

☆　☆　☆

聡の姿を見た瞬間、夏海は胸に溜めていた恨みごとを全部忘れた。

彼の目は窪み、頬の肉は削げ落ち、まるで余命を宣告された重病人のようだ。

最初は怖かった。もしまた罵倒されたら……そのことを考えると、会わないほうがいいのかもしれない。

あれほどまでに言われながら、それでも会いたくて堪らない人だった。

聡に抱きしめられ、眠った夜が恋しくて仕方がない。

でも、夏海のお腹には子供がいる。どれほど愛しい人でも、この子を殺せと言うなら、別れる以外にはなかった。

「夏海……なのか？　本当に？　夢じゃないのか？」

夏海を見るなり、聡は微笑みを浮かべた。そして、『好きだった』『愛していた』と泣きながら口にしてくれたのだ。

夏海は頬に触れたままの聡の手を取り、自分のお腹に持っていく。

「ほら……坊やがパパに会えて喜んでいます。もう、いらないなんておっしゃらないでしょう？」

夏海の言葉と同時に、子供がドンッとお腹を蹴とばした。お腹の形が目に見えて変化し、聡はビクッとして手を引っ込めた。

驚愕の表情で、聡は喘ぐように言う。

「子供……堕ろしたんじゃなかったのか……」

その言葉に夏海の瞳が翳った。

彼女の中で、恐ろしい聡の言葉が甦る。『なぜ堕ろさなかった！』そんなふうに怒鳴られるのではないかと思い、夏海は身を竦めた――。

だが、聡の行動は四ヵ月前とは全く違った。彼は乱暴に点滴の針を引き抜き、ベッドから転がり落ちるように床に座り込み……そのまま平伏したのだ。

「申し訳ない。済まなかった。どうか俺を許して欲しい。本当に申し訳なかった！」

そう叫びながら、両手をつき、病室の床に額をこすりつける。

夏海のほうが堪らなくなり、

「聡さん、もういいからやめてください。勝手に点滴を取ったらダメじゃないですか。早くベッドに戻ってください」

聡の腕を取り立たそうとするのだが、彼は頭を上げようともしない。

「如月から聞いた……君がいなければ、生きていけないのに……君の願いを聞こうとしなかった。謝って許してもらえるとは思わない。俺に生きる価値などないとわかってる。でも、償いたい。どうやったら償えるのか教えてくれ！君の言うとおり、なんでもする」

縋りついてくる聡を見て、夏海は言葉もなかった。

「な……何？　なんなの、いったい」

ドアの隙間から、呆気に取られた顔で双葉がこちらを見下ろしていた。

どうやら、聡の声が廊下まで聞こえたらしい。あまりの剣幕に、双葉はビックリしてドアを開けたようだ。そんな双葉の後ろには、気を遣って席を外してくれたあかねの姿も見える。

夏海は聡の横に座り込み、優しく声をかけた。

「なんでもしてくださるんですか？」

「ああ、なんでも……そこの窓から飛び降りろと言うなら、すぐに飛び降りる。それで君に許してもらえるなら……」

　ここは六階である。落ちたら怪我だけでは済まないだろう。だが、聡は本当に飛び降りそうだ。

　夏海はそのまま聡の背中を擦りながら、ゆっくりと口を開いた。

「じゃあ……まず一日も早くよくなって、わたしにプロポーズしてください。わたしも、この子も愛してるって毎日言ってくださいね。それと、一生わたしだけで、絶対に浮気はしないって約束してください。それから、二度と仕事を放り出したりしないこと。事務所の信用をこんなに落としてしまって……もう一度、クライアントの信頼を取り戻して、企業弁護士のトップに立つのは厳しいですよ。覚悟してくださいね」

「それは……夏海、俺は君と子供の傍に、一生いてもいいのか？」

　聡は顔を上げ、信じられないといった表情で夏海を見ている。

「この子のパパになりたくないんですか？」

「なりたい！　でも……俺にその資格があるのか？」

　聡の声が震える。それは恐怖と歓喜の入り混じった微妙な声だ。

「資格は……ないのかもしれません。あやまちとは言え、あなたはこの子を殺そうとしたんですから。でも、それでも、この子の父親はあなただけなんです。でも、愛情がないなら無理にとは言いません」

「愛情はある！」

　青白かった頬を紅潮させ、聡は興奮気味に叫んだ。

「愛してる！　君も子供も――。この命と引き換えにしてもかまわないほど愛してる！　夏海……会いたかった。君がいなくなって、何も咽を通らなくなった。眠れば……君が泣きながら睨んでるんだ。眠れなくて……酒に逃げて……苦しかった……夏海、夏海」

聡は幼い子供のように、夏海に抱きつくとポロポロと涙を流し続けた。

「二度とあんなことは言わない。頼むから捨てないでくれ……」

「わかりました、許してあげます。でも、一度だけですよ。今度言ったら許しませんからね。だから、もう泣かないで。わたしもあなたを愛しています」

夏海の来訪を聞き、如月や実光が駆けつけて来たとき――。

彼女の名前を連呼しながら、夏海に縋りつく聡を見て、全員が唖然としたのだった。

☆　☆　☆

夏海の訪れからわずか三日で聡は退院し、翌日には仕事に戻った。

だが、夏海はすぐにマンションには戻って来てくれなかったのである。

『だって妊娠中のわたしを雇い、住む場所まで提供してくださったんですよ。すぐに辞めたら、ご迷惑をおかけします。次のバイトさんが見つかるまで、ちゃんと勤めさせていただきます』

夏海に強く言われたら、聡に逆らうことなどできない。

しかし、もう二度と夏海と離れて暮らすことなど考えられなかった。彼は六畳とキッチン、バス、トイレしかない部屋に押しかけ、そこから仕事に通い始めた。スーパーの店長も呆れたように、夏海に向かって『うちは大丈夫だから、早く結婚してあげなさい』と言ってくれたのだった。


十二月末、ようやく聡の体調も元に戻って来た。まだ完全復活とは言えないが、胃の潰瘍もほとんど治り、痛みもなくなった。

そしてクリスマスイブ、聡は婚姻届と五個の指輪を渡し、夏海にプロポーズした。

無事入籍を済ませ、新婚一日目となったクリスマス当日。リビングの中央には、大きめのクリスマスツリーがキラキラと輝いている。

夏海が戻り、マンションの部屋は息を吹き返したようだ。

これまではとくに飾りつけのいらないグラスファイバーのツリーを置いていた。だが、今年は子供のために、聡は本物にもみの木の幼木を買ってきた。

「来年でもよかったんじゃありません？」

一条夏海になったばかりの〝妻〟の笑顔が眩しくて、聡は目を細める。

「いいんだよ。生まれる前からどれだけ楽しみにしていたか……証明のようなものなんだから」

ソファに座り、コーヒーを飲みながら聡は答えた。キッチンのカウンターには、薄いピンク色の花が咲いたクリスマスカクタスが飾られている。

「ごめんな、夏海。年末年始はどこにも連れて行ってやれない。新婚旅行にも……」

とにかく聡は謝り通しだ。

夏海が戻って以降、全く頭が上がらない。いや、夏海だけでなく……どこに行っても叱られっ放しで、聡は平身低頭で謝罪して回っている。

「旅行は仕事のついでとはいえ、たくさん連れて行っていただきました。次は子供と一緒のほうがいいです。その前に仕事の穴を埋めないと。わたしも手伝いますから……ね？」

夏海は以前と変わらず、聡に愚痴は言わないし、怒ることもない。いつでも優しい笑顔を聡に向け、傍にいてくれる。

「夏海……キスしていいかな？」

聡がそう尋ねた瞬間、夏海が吹き出した。

「そっ、そんな……そんなこと、今まで一度も聞かれたことなかったのに」

「これまではそうだろうが、今は君に嫌われるのが怖いんだ。君の嫌がることは、一切したくない」

「じゃ、聡さん……キスして」

聡は遠慮がちに夏海の肩を抱き寄せ、優しく唇を重ねる。

部屋の灯りが消えてても、いつまでもツリーの電飾はキラキラと光り……夫婦で過ごす初めての夜を、彩り続けたのだった。

☆　☆　☆

「まあ、なっちゃん！　あなた、赤ちゃんがいるの？」

　お正月が明けてすぐ、夏海は随分久しぶりに母を見舞った。

　妊娠した自分の姿が母を動揺させるのではないか、と控えていたのだ。しかし、夏海は聡から正式に挨拶をしたいと言われ、思いきって、ふたりで母の病院を訪ねたのである。

「うん、そうなの。もう八ヵ月なのよ。三月には生まれるの……お母さん、平気？」

「もちろんビックリしたわ。でも、なっちゃんも大きくなったんですものね」

　どうやら夏海を中学生だとは思っていないようだ。それに、夏海の顔をしっかり覚えていてくれたのは嬉しかった。

「あのね……わたしの旦那様なの」

「一条聡です。夏海さんのことは必ず幸せにしますから、どうか、ご安心ください」

「夏海はとっても優しい子だけど、頑張り屋さん過ぎるところがあるの。ひとりで全部背負ってしまうから、助けてやってくださいね」

「お、かあ……さん」

　母から〝今の夏海〟を認めてもらい、会話が成立したのは本当に久しぶりで……。夏海は思わず涙が込み上げてくる。

このあと数回「まあ、赤ちゃんができたの？」と質問され、そのたびに聡は「夏海さんと結婚しました。必ず幸せにしますから」と答えてくれて……。

夏海はそんな彼に心から感謝したのだった。

二月中旬、如月夫妻に三人目の子供が生まれた。次女、芹香(せりか)の誕生に、パパの如月はメロメロだ。

聡と夏海は双葉たちの退院後、自宅までお祝いに行った。

「予定どおりだと同じ学年になるわね。幼なじみになるのかしら？」

「そうですね。でも、男の子と女の子だから……大きくなると、仲よくしなくなるかもしれませんね」

夏海は苦笑しながら、そんなふうに答える。

「あら？　さらに大きくなれば、喜んで仲よくするかもよ」

「やだ、双葉さんたら」

女性ふたりは至って楽しそうだ。

「冗談じゃないぞ。俺の大事な娘を、コイツの息子なんかにやれるもんか」

一方、如月はかなり真剣な口調で文句を言っている。

聡は、「まあまあ、子供なんて親の思うとおりにはならないもんさ」と、妙に物分かりのよい口ぶりだが……。

「じゃあ、次に娘が生まれて、うちの息子の嫁にくれって言ったら？」

「なっ！　なんでおまえの息子にやらなきゃならないんだ！」

血相を変えて叫ぶ聡を見ながら、どっちもどっち、と夏海たちは笑った。

このころになり、ようやく聡の体形も元に戻ってきた。

酒は完全に断ち、夏海が食事の管理をして、週末はトレーニングジムに通う生活を送っている。医者からも健康体だとお墨つきをもらい、夏海も心底ホッとした。

「いい気になってカッコつけて、馬鹿やった挙げ句にあの様じゃ、救いようがないよな？あのまま死んでたら、泣くに泣けない人生だよなぁ……聡」

如月はお酒が入ると、いつもこんな感じになる。

だが、聡にはなんの反論もできないようだ。

「わかってる。わかってるから、もう勘弁してくれ。でも、おまえも意地が悪いよ。何も、あんな言い方しなくったって」

おまえが望んだとおりだよ――と答えた一件だ。

その話を聞いたとき、夏海はほんの少しだけ聡に同情した。

「嘘はついてないぜ。おまえの望むとおりになってるだろ？」

如月は夏海のお腹を見ながら言う。

「あ、それって例の婚約指輪ね。それは何個目？」

双葉は夏海がはめた指輪を見て声を上げた。

今、夏海がつけているのは、プラチナのマリッジリングと、ハートシェイプカットのダイヤモンドリングのふたつ。ハートの左右に可愛らしいピンクダイヤがセッティングされていて、若い女性向けのデザインかもしれない。

「これは一個目ですよね？　聡さん」

夏海の問いかけに、聡はばつが悪そうに顔を背けながら無言でうなずいている。

「なるほど、なるほど。二十四歳の誕生日に贈る予定だったわけね。道理で可愛いリングだわ」

双葉はさも可笑しそうに言う。

昨年の八月、夏海に贈ろうと慌てて用意した指輪も、彼女の誕生日に合わせて注文していたものだ。二十七歳の誕生日にふさわしい、エクセレントカットのダイヤモンドリングだった。

「で、実際に申し込んだので五個目か？　信じられんな。国宝級の馬鹿だ」

「う……うるさい」

「なっちゃんは、いつ気づいたの？」

「一緒に暮らし始めてすぐです。クローゼットに指輪のケースが転がっているのに気づいて。次の年、それが二個になったんで、つい手にとってしまったんです」

夏海の名前と誕生日の日付が刻み込まれたダイヤモンドリング。それを見て期待するな、というほうが無理だろう。

聡は自分にプロポーズしてくれるつもりでいる、と。

「もう、嬉しくて、嬉しくて……。でも、何も言ってもらえないまま、翌年には三個になるし……。聡さんの気持ちが全然わからなくなってしまって」

恋愛はイコール結婚の聡だった。夏海との結婚は、出会った当初から考えていたと言っても過言ではない。最初の結婚の失敗さえなければ、聡は間違いなく即座にプロポーズしていただろう。

夏海に聡の気持ちはわからなかったが、一番わからず、迷走していたのは聡本人だった。

「気づいたときに言えばよかったんだ」

「だって……勘違いだ。おまえと結婚なんてしないって言われるのが怖くて」

「そんなこと………言ったかもしれない。すまない」

素直に頭を下げる聡を見て、夏海は彼の腕に手を添えた。

「もういいんです。だって、こうして指にはめてもらえたんですもの。今はとっても幸せです。聡さんもそうですよね？」

大きなお腹を撫でながら、聡を見上げて微笑む。

「ああ、もちろん幸せだ。人生でこんなに幸福だったことはない。君と過ごした四年間より、今はもっと幸せだ……君が愛してくれるから」

聡は真剣な顔で答えながら、夏海の目をじっとみつめている。

「いやだ、聡さん。四……五年前からずっとあなたのことが好きだったって言ったじゃないですか」

「じゃ、愛が深まったせいだ。五年後はもっと幸せになろう。約束だよ、夏海」

気づけば夏海も彼の瞳を食い入るようにみつめていた。聡の手が彼女の手を取り、その指先に軽く唇を押し当てる。

直後、咳払いとともに「人の家でふたりの世界を作るんじゃない」と如月から注意されたのだった。

エピローグ

三月末、桜前線が東京にやって来た時期、聡は待望の息子を授かった。

夏海が陣痛を訴え始めてから丸二十四時間。時折、余裕を見せる夏海とは違い、聡は飲まず食わずで病室に張りついていた。

陣痛に苦しむ女性の姿は尋常なものではなく。聡はこのとき、子供はひとりだけでいい、と心に決める。

ところが……。

「次は女の子がいいわ。ね？　聡さん」

出産の翌日にはそう宣言する夏海に、「そっ……そうだね」と必死に笑う聡だった。

昨年の入院騒動では、聡の全面降伏ぶりに驚かされた両親だが、今は初孫に夢中である。

唯一残念なことは、稔と両親の仲だ。関係がギクシャクしたまま家政婦の亮子と入籍し、海外に転勤してしまった。

『兄さんが大変なときに、力になれなくてすまない』

最後に会ったとき、稔はそんなことを口にしていた。だが、それはお互い様だった。

一方、幸せそうだった匡だが、例の女子大生とはもう別れてしまったらしい。それでも、稔がいなくなったこともあり、少しずつだが仕事に力を入れ始めている。

妹の静は甥っ子が生まれたのを見届け、アメリカに留学した。

母のことで知らん顔をしてきた夏海の兄姉も、さすがに悪いと思ったのか子供が生まれたときにふたり揃って訪ねてきてくれた。

ふたりとも、聡とは顔を合わせづらそうにしていたが、これからも母の面倒は夏海と聡で看ていくと伝えたとき、ホッとしたようだった。

「ごめんなさい。聡さんに頼ってばかりで」

「君が謝ることじゃない。俺は君が幸せなら、なんの文句もない」

「幸せよ。ひとりで産むのはとっても不安だったから。あなたが智香さんと結婚してなくて、本当によかった」

その智香だが——。

今年に入ってすぐ、また見合いをしたらしい。今度は妊娠を盾に婚約まで持ち込んだが、それが嘘だとバレてしまい、相手方の弁護士が聡のもとまで昨年の事情を聞きに来ていた。

どちらにせよ、聡たちとは関係のないところで、次の獲物を物色して欲しいものだ。

「二度とひとりにはしない。一生だ」

特別注文の白いベビーベッドに寝かされた息子には、悠久の幸福を願って〝悠（ひさし）〟と名づけた。

家族が増えて二ヵ月が経ち、家の中がミルクとベビーパウダーの匂いに包まれたある夜のこと。悠をみつめながら、聡は夏海の頬に軽くキスをする。

「おっと、契約違反をするところだった」

「契約？」

「そう、君に出された条件だ。今日の分がまだだろう？　――愛してるよ、夏海。俺に息子を与えてくれてありがとう。ふたりとも、愛してる」

「わたしもよ。とっても愛してるわ、聡さん」

聡は律儀にも毎日愛の言葉を呟き、夏海はそれに毎日応える。

それは――愛を信じた永遠の契約だった。

番外編　～Happy wedding～

舗装された道の左手に森が、右手には田畑が広がる。緑の稲の隙間から田んぼに張られた水が見え、まだまだ実りの時期には遠かった。

季節は六月、場所は神奈川県相模湖の近く。森が途切れると駐車場の入り口が見え、〝みどり温泉病院〟と書かれた看板が下がっていた。

なだらかな坂を五十メートルほど進むと大きな駐車場に突き当たる。

山の麓は綺麗に整備され、奥には四階建ての白い建物が見え――そこに、一条夏海の母親が入院していた。

病院の玄関付近でウロウロする夏海のもとに、女性看護師が駆け寄った。

「なっちゃん、今日はお母さんの調子よさそうよ。駐車場まで出て来られるかも」

「本当ですか？　ありがとうございます！」

夏海は一オクターブ高い声を上げて笑顔を見せる。

最悪の場合、窓からほんの少しでも母に見てもらうことができたなら、そんな気持ちで準備を進めて来たのだ。

本当は芝で覆われた病院の中庭を使わせて欲しかった。だが〝みどり温泉病院〟には精神的に不安定なお年寄りが大勢入院している。彼らは日常と違うことがとても苦手なのだ。

夏海は夫の一条聡と共に、結婚式を病院で挙げさせて欲しいとお願いした。

病院長は患者の散歩コースに入っていない駐車場なら、と許可してくれたのだった。

「ごめんなさいね、聡さん。こんなところで結婚式なんて、お義父様たちにはご不満よね」

夏海は隣に立つ男性を見上げ、何度目かの『ごめんなさい』を口にした。

聡自身は優秀だが一介の企業弁護士にすぎない。しかし彼の父親である一条実光は、年商一兆円以上といわれる巨大企業、一条グループの社長だった。保有資産をはじめ、社会的影響力は一般人である夏海には計り知れない。

「何を言ってるんだ！　君のためにやることだぞ。両親が文句なんか言うもんか。ふたりとも感謝してるよ。こんな愚かな男を許してくれる女性なんて、世界中で君だけだ」

聡は大袈裟なほど夏海を讃える。近くで聞いていた女性看護師は、「ごちそうさま！」と笑いながら夏海の肩を叩いた。

夏海も緊張のあまり落ちつかないが、聡はそれ以上に浮かれているようだ。

後方からブライダル会社の担当者に声をかけられると、彼はスキップしかねない様子で祭壇の方に走って行った。

三十六歳の聡には離婚経験がある。それも、彼がまだ大学生のころだ。

彼はその離婚が原因で女性不信に陥り、父親との関係も最悪のまま長い年月を過ごして来た。夏海との結婚が、それらの問題を解消するきっかけとなったのは事実だった。

（聡さんと初めて会ったころ……まさか、こんな日が来るなんて夢にも思わなかった）

それは今から約五年前、夏海が聡の経営する法律事務所に就職したときのこと。

彼女は介護が必要な母親を抱え、入院費用を稼ぐためにクラブでホステスをしていた。

もちろん事務所には内緒である。それが聡にバレたとき、クビを覚悟した夏海に彼が言った言葉は……『私の愛人になれ』だった。

「ちょっと、なっちゃん！　花嫁さんが何してるの？　早く着替えなきゃ」

夏海は声をかけられ、ハッとする。昔のことを考えながら、ぼんやりと聡の背中を見つめていた。

「今さら亭主に見惚れなくったって」

「違いますよ、双葉さん！」

からかい半分で夏海に声をかけたのは双葉だ。

夏海は口元を引きしめると、あらたまった顔で双葉に頭を下げる。

「今日、この日が迎えられたのも、如月先生と双葉さんのおかげです。本当にありがとうございました」

「あのどうしようもない一条くんを放置して、好き勝手にさせちゃった責任もあるし、ね」

双葉は肩を竦めて笑いながら答える。

「でも、あの聡さんが仕事を放り出すなんて思いもしませんでした。事務所の信用を落としてしまって……他の先生方にも申し訳なくて」

「信用なんて、努力でいくらでも取り戻せるものよ。でもあのときの一条くんは、取り返しのつかないものを失うところだったんだから」

ベッドに横たわる聡を見たとき、夏海は悲鳴を上げそうになったことを思い出す。

あんなに弱々しい聡の姿を見たのは初めてで、しかも土下座までされては……夏海の口から聡を責める言葉は出てこなかった。

「あ、悠は困らせてませんか？」

「大丈夫、大丈夫。うちのお姫様と一緒に旦那がみてるから、安心して。あれでも三人の子持ちだからね」

聡と夏海の間には今年の三月、長男の悠が誕生した。そのひと月前、如月夫妻には次女、芹香が生まれたのだった。

聡が準備に奔走し、夏海が双葉に手伝ってもらい仕度をする間、子供たちは如月がみてくれることになっている。

「でもね、このまま仲よく大きくなって、本当に悠くんに娘を取られたらどうしよう、って気にしてるのよ。笑っちゃうわよねぇ」

双葉の陽気な笑い声につられ、夏海も笑顔がこぼれた。

今日、夏海は念願の花嫁衣裳を着る。

入籍はもちろん、悠が産まれる前に済ませてあった。聡の両親は初孫の誕生を喜び、お宮参りのあとに親戚一同を招いて盛大なパーティを催してくれた。それは事実上、長男の妻のお披露目とも言えるものだった。

聡は常々、『一条グループを継ぐ意思も、財産を相続するつもりもない』と宣言している。だが、実光にとって自慢の長男に変わりはなく……。

そして、長く不仲だった親子関係を変えてくれた夏海に、聡の母親、あかねは何度も感謝を口にした。

今回も控え室に入ってくるなり、

「まあ、夏海さん！　とっても綺麗よ。お母様もきっと喜んでくださるわ。お式の間はわたくしが悠さんの面倒をみますから、安心してちょうだいね」

あかねは満面の笑顔で華やいだ声を上げる。

そこは本来従業員用の休憩室だが、少しの間だけ使わせてもらえることになっていた。

ただ、貸してもらえたのはふた部屋だけなので、男女ひと部屋ずつしかない。義母のあかねには申し訳なくて、お詫びの言葉しかなかった。

「遠くまでお越しいただき、本当にありがとうございました。あの……お義父様は、お怒りではありませんか？　聡さんは喜んでいただけていると言うのですけど」

夏海も聞いたことがある。一条家の祝い事はTホテルに決まっている、と。それ以外で結婚式を挙げた親戚に、実光は酷く辛辣だったという。

「気にしなくていいのよ。夫はね、こうあらねばならない、と思い続けて、聡さんを追い詰めてしまったの。わたくしもそう……。今は、子供たちがそれぞれ見つけた幸せを、素直に祝ってあげようと思ってるのよ」

あかねは夏海の両手を握り、「聡さんを幸せにしてくれて本当にありがとう」そう言ってくれたのだった。


土の上にロープで線を引いただけの駐車場だ。そこに赤いカーペットを敷き、バージンロードを作る。

バージンロードの左右にパイプ椅子が置かれ、招いたのはそれぞれの家族と聡の事務所の顔ぶれだけだった。

簡易祭壇の前に牧師様がいて、その手前に聡と如月が並んで立つ。

夏海は七年前に父親を病気で亡くしていた。バージンロードを父親代わりとなって歩いてくれたのは、事務所で最高齢の弁護士、武藤だった。

武藤には年ごろの娘がおり、「予行演習だな」と笑って引き受けてくれた。

最前列に夏海の母、幸恵が車椅子に座って娘を見ている。

昨日話したときは、『なっちゃんが花嫁さんになるの？　早過ぎるんじゃない？』と言っていた。母の中で夏海は中学生であることが多い。そうでなければ四歳年上の姉と間違われるか。どちらも、夏海にとってはつらい現実だった。

（お母さん、喜んでくれるかしら？　それとも……）

中学生の娘が結婚なんて、と騒ぎ出す可能性もある。

それを担当医から説明されたとき、夏海は母に花嫁姿を見せたいという希望を諦めかけたのだ。

そんな彼女を勇気づけてくれたのが聡だった。

『やるだけやってみよう。ダメだったらそのとき考えればいい。仮に参列できなくても、チラッとでも目にしたら、娘の花嫁姿はきっと記憶のどこかに残るはずだ』

『それだけじゃ済まないわ。あなたに迷惑をかけて、恥を掻かせることになったら』

『恥？　去年、俺のしでかした事以上の恥なんてないだろう？　自分で君を追い出しながら、帰って来てくれないと大騒ぎして、病院送りにまでなったんだ。二度と後悔しないように生きようと決めた。だから、君にも後悔して欲しくない』

彼の言葉に背中を押され、元気なころの両親が楽しみにしていたウエディングドレス姿を見せようと、夏海は決意した。

そして――。

母はとくに騒ぐこともなく、じっと夏海を見ていた。

母の双眸にはうっすらと涙が浮かび、視線が合ったとき、ふわっと笑ってくれて……。

そんな母の姿が涙で滲(にじ)み、夏海は心から多くの人に感謝した、最高の一日だった。

☆　☆　☆

「お母さんがね、なっちゃんおめでとう、って言ってくれたの！　よかった。本当によかった。聡さん、ありがとう！」

（三回目だな）

はしゃぐ夏海の様子を見ながら、聡は苦笑した。

ふたりのいる場所は自宅ではなく、都内のラグジュアリーホテルの一室。それも、新婚用にデコレーションされたスイートルームだった。

『今夜はわたくしたちに悠さんを任せてちょうだい』

あかねは嬉々として孫を預かり、新婚夫婦をふたりきりにしてくれたのだった。

「感謝するなら俺のほうだ。父さんも母さんもホッとしてたよ」

夏海は聡の両親から嫌われているのではないか、と気にしている。

確かに社交的な母はともかく、父は夏海にあまり近づこうとしない。だがそれは、夏海が思うような理由からではなかった。

父は、夏海と別れたあとの聡の姿だけは思い出したくない、と言う。

『親の私が息子の葬式を出すのかと思ったぞ。もう二度と、あんな思いはさせないでくれ』

結婚式の直前にも、そんな言葉をポツリと漏らした。

息子のためと言いながら、父は聡のたった一度の失敗――〝離婚〟を責め続けた。それが聡の精神を壊すまで追い詰めることになるとは思わず……。

父は今、心から後悔している。

だからこそ、悪気のない言葉で夏海を傷つけてはいけない、と距離を取っているのだ。

その思いは父だけでなく、入籍し結婚式を挙げた今となっても、聡はまだまだ夏海に捨てられることを恐れていた。

「悠くん、泣いてお義母さんを困らせてないかしら」

悠の心配にいたっては五回目だ。

聡の苦笑は、しだいにため息に変わっていく。

「大丈夫だよ。今夜は静も家に泊まるって言ってただろう？　その上、わざわざベビーシッターまで頼んだんだ」

妹の静はこの春からアメリカの音楽学校に留学している。

今回、兄の結婚式に急遽帰国した。そして、ベビーシッターを買って出てくれたが、静の手伝いだけでは不安だと母が言い、専門のベビーシッターを別に頼んだのだ。赤ん坊ひとりに三人態勢なのだから、心配はいらないだろう。

しかし、

「そんなに心配なら家に帰ろうか？　それか、悠をここに連れて来ればいい」

聡は妥協案を口にした。

どんなときも夏海の気持ちを最優先にしなければならない。たまには夫婦だけで過ごしたい、というのは聡の我がままで、そんな甘えたことが言える立場ではなかった。

　聡が脱ぎかけたワイシャツをもう一度着ようとしたとき、思いがけず、後ろからギュッと抱きしめられる。

「な……つみ？」

「ごめんなさい。今夜ひと晩だもの、大丈夫よね。それに、聡さんとふたりきりなんて、久しぶりでとっても嬉しい」

　にわかにオフィスでの情事を思い出し、聡の身体は燃えるように熱くなった。

「夏海、君にキスしたい」

「……わたしも」

　そこまで聞き、聡は彼女の自由を奪った。

　重なったふたつの唇は、躊躇なく互いを求め合う。眩暈を覚えるほど、夢中になって口づけたのは随分久しぶりだ。

「愛してる。夏海、愛してるよ」

「わたしも……愛してるわ、聡さん」

　ふたりはまだシャワーも浴びておらず、夏海はスーツ姿だった。聡は性急に彼女の上着を脱がそうとするが、夏海の手に押し止められる。

「待って、自分で脱ぐから、少し待ってて」

　夏海は聖母のような笑みを浮かべ、聡の胸を押して離れた。

　すると、そのままゆっくりとボタンを外し始める。クリーム色のスーツに付けられた大きめの白いボタン、それを思わせぶりに外すのだ。

最初は気のせいかと思ったが、どうやら、夏海は意識的に聡を焦らしているらしい。

「夏海、これ以上待たされたら、君に飛びかかってしまいそうだ」

「ダーメ。今夜はわたしの言うとおりにして」

「君の言うとおり？」

「そう……わたしがあなたを誘惑するの。だって、ずっと、あなたの言うとおりだったでしょう？　だから今夜は……嫌？　女の言うままになるのが嫌だったら、無理にとは言わないけど」

強気の表情をしていた夏海から不安が覗いた。愛の言葉もなしに振り回した日々が、すぐに彼女の不安を呼び覚ますのだ。

聡は少し照れ臭そうに笑うと、床に跪き、「奥様の仰せのままに」少し気取った口調で言い返した。

すると、夏海も意味深な笑顔を見せる。

「じゃあ聡さん、今夜はわたしがいいと言うまで、わたしの身体に触れてはダメよ」

――そして、ふたりのこれまでにない夜が始まった。

夏海の肢体はこの五年間見続けてきた。その肌触りも、欲情したときの芳香も、聡の記憶に刷り込まれている。強引な聡の求めに、夏海は恥じらいつつも、頬を染めながら応じていたはずだ。

だが今夜の夏海は、彼の知っている女性ではなかった。

花嫁に相応しい純白のブラジャーとショーツを身に着け、彼女は跪いた聡の前に立つ。

思わず手を伸ばし、ショーツのサイドに付いたリボンをほどいてしまいたくなる。

夏海もそんな聡の欲求に気づいたらしい。

「聡さんの好きなデザインでしょう？　必死にダイエットしたのよ。似合う？」

腰に手を当て、ウエストをくねらせた。可愛らしいレースとフリル、それでいて官能的なデザインは聡の好みだ。

「似合うよ、夏海。脱がせてもいいかな？」

「ダーメ！　男の子でしょ。我慢しなさい」

夏海は子供を諭すような口調だ。そして、聡のワイシャツに手をかけた。

「脱ぐのは聡さんが先よ。わたしが脱がせてあげる」

そう言うと、夏海の指先が聡の肌に触れ……ツツーッと表面を掠めるようになぞった。

聡はゾクッとして、大きく息を吐く。

ワイシャツを脱がしたあと、夏海は聡と同じように床に膝をつくと、スラックスのベルトに手を伸ばした。ベルトを外すと次はファスナーだ。思わせぶりにファスナーを下ろす指先が、グレーのボクサーパンツ越しに、聡の昂りを掠める。

「やだ、聡さんったら、悪い子ね。もう、こんなにしちゃってるなんて」

「……クッ！」

先端をツンツンと突かれ、聡は堪えきれずに声を上げた。

「な、夏海……まだ、触れてはダメなのか？　我慢できそうにない」

早々に白旗を上げて懇願するが……。

夏海は聡の胸に唇を押し当てるなり、小さな音を立てキスを繰り返した。しかも、両手で彼の脇腹から背中をそろりと撫でる。

聡は自分でも意識しないうちに、息が荒くなっていく。

「ダメよ。約束でしょう？　わたしがいいって言うまでは……ね」

夏海は思わせぶりな瞳で聡の顔を見上げ、フフッと小悪魔のように微笑んだ。

その瞬間、ボクサーパンツの中にスルリと彼女の指が滑り込む。そして、すでに熱く猛った聡自身を鷲づかみにした。

「はうっ！」

短く声を上げ、思わず腰を落としてしまう。

聡が床の上に正座するように座り込んだとき、夏海はもう片方の手でボクサーパンツをずり下ろした。聡の下半身がふたりの前に露わになる。

自分から夏海に咥えろと突き出したことはあったが、こんな形でリードされたのは初めてだ。

聡は経験したことのない羞恥心を覚え、身体の熱が高まった。

「聡さんはここが弱いのよね。あ、でも、イッちゃダメよ」

イクなと言いながら、夏海は肉棒の裏筋を責めてくる。それも茂みの奥の根元辺り……。彼女の言うとおり、聡が最も感じる場所だった。これで咥えて少し吸われたら、簡単に達してしまうだろう。

夏海は指先でカリ部分を強く擦り、さらに追い詰めた。聡は腰が抜け、すぐにも降参してしまいそうだ。

「待て……もう無理だ。もう、勘弁してくれ……」

自分でも情けないほど弱々しい声がこぼれる。

そのとき、夏海がスッと身体を引いた。彼女は立ち上がると自らブラジャーとショーツを外し、なんと聡の上に跨ってきたのだ。

その大胆さに聡は逆らうこともできず、されるがままだになる。

「夏海、もういいだろう？　君に触れさせてくれ」

喘ぐような台詞は、夏海の唇によって遮られた。

聡は律儀にも夏海に触れてはいけないと思い、床に手と尻をついて身体を支える。彼女はそんな聡の生真面目さも承知の上で、彼を責め立てているらしい。

先走り液で濡れた先端に、夏海の秘められた場所が触れる。しかも微妙に腰を動かし、掠めるようにして刺激を与えてくるのだ。

その扇情的な行為は――いったいどこでこんな手管を覚えたんだ、と聡を不安にさせるほどだった。

「聡さん、そんなに触れたい？」

「……ああ、君を抱きしめて……中に入れさせて欲しい……」

「今日の聡さんて、とっても可愛い」

夏海は聡の頬にチュッと口づけ、楽しそうに笑った。

その直後のこと、彼女の手がそそり立つ聡の分身をふたたび握りしめた。

彼女に導かれ、グジュグジュと卑猥な音を立てながら、蜜の溢れる泉の中へと飲み込まれていく。

それは何度味わっても尽きることのない悦びだ。

「ねぇ、気持ちいい？」

さすがに夏海の声も少し上ずっている。

「気持ち、いいよ。最高だ」

「じゃあ、もう少し我慢してね」

言うなり、夏海の腰が円を描くように動き始めた。

はじめはゆっくりと、しだいにスピードが速くなる。それに激しい上下運動が加わり、欲望の猛りが爆ぜる寸前――彼女の動きはピタリと止まった。

「な、夏海ぃ……もう、許してくれ」

「聡さんのことなら、なんでも知ってるのよ。だから、わたしから離れようなんて……許さないんだから」

　夏海の声は興奮とは別に、少し潤んでいた。

「離れない。二度と……愛してる、ずっと愛してたんだ……夏海」

「……抱きしめて欲しい。お願い聡さん、強く抱いて」

　艶やかな夏海の背に手を回し、激しく奪うように口づける。ほんの数回突き上げただけで、夏海は頤(おとがい)を反らせて嬌声(きょうせい)を上げた。

　同時にきつい締め上げ食らい、

「夏海！　ごめ……くぅう」

　彼女の身体に抱きつくようにして、聡も絶頂の瞬間を迎えた。

　余裕もなく達してしまったことが恥ずかしい反面、夏海に翻弄されたことに、聡は不思議な快感を覚えるのだった。


　ふたりはベッドに移動して、三十分後には二回戦が終了。ベッドの上でも夏海にリードされるままだった。

　何度『我慢できない』と泣きついたか、聡も記憶にない。

「聡さん……怒った？」

　ようやく呼吸を整えベッドに寝転がったとき、腕の中の夏海が少し心配そうに聡の顔色を窺う。

「ん、何が？」

「凄く大胆になって聡さんを苛めちゃったこと。あなたが嫌だったら二度としないわ」

　聡の胸に頬を押し当て、夏海は恥ずかしそうに言う。

　確かに驚いた。夏海にとって男性経験は聡だけのはずである。だからこそ、自分の気に入るように一から十まで教え込んだのだ。

　夏海の愛撫が聡のツボにはまるのは、当然と言えば当然だろう。

「ビックリしたけど、嫌じゃないよ。こういうのもいいかもしれない」

　聡は密かに納得しながら「たまにはね」と付け加えた。

「夫婦喧嘩したときは、また意地悪しちゃおうかなぁ」

「仰せのままに。あなた様のお傍にいさせてもらえるなら、わたくしのことは下僕とお呼びください」

「もうっ！　聡さんたら」

　軽いキスがふたりの間に何度目かの火を点けた。抱いても抱いても夏海が欲しくて堪らなくなる。

「大好き……絶対に離さないでね」

「もちろんだ。愛してるよ、夏海――永遠に」

　人を愛するのに理屈はいらない。ただ、愛しいと思う人を抱きしめればいい。

　それは人生で最も幸福な夜――聡はこの思いを〝永遠に忘れない〟と誓った。

番外編　～Engagement Ring～

「ハッピーバースデー、夏海！」

八月下旬――聡は玄関から入って来るなり、真紅の薔薇の花束を差し出してハッピーバースデーを歌い始めた。

もちろん今日は、夏海の二十八回目の誕生日である。

聡は悠を一条家に預け、外食に行こうと提案してくれた。だが、つい先日もお盆休みに一条家を訪れたとき、悠の面倒をみてもらってデートを楽しんだばかりなのだ。

『いいのよ。新婚さんなんだもの。ふたりで楽しんでいらっしゃい。悠さんのことは任せてちょうだいな。これでも四人も育て上げたのよ』

聡の母、あかねはそう言って夏海に気を遣ってくれる。

ありがたいのは確かだが、迷惑ばかりかけているように思えて恐縮してしまう。

結局、家族水入らずで誕生日パーティをしたいと頼み、家で祝うことになった。

「ありがとう、聡さん。こんな、薔薇の花束なんて初めてだから……とっても嬉しい」

「よかった。君はカーネーションとかトルコキキョウとか、優しいイメージの花ばかり飾ってるから、薔薇は好きじゃないのかもって思ってたんだ。でも花屋の店員に、情熱的な愛情を示すなら真紅の薔薇が一番、と言われて……」

聡から、照れた顔でそんなことを言ってもらえる日が来るなんて、それだけで最高のプレゼントだ。

「花はなんでも好きよ。聡さんからのプレゼントなら、どんな花でも大好き」

「夏海……花は前菜みたいなものだ。メインのバースデープレゼントも用意している。気に入ってくれるといいんだが」

「じゃあ、言い換えます。聡さんからのプレゼントなら、なんでも嬉しい！」

夏海がきっぱりと告げると、彼はスーツのうちポケットから濃紺のケースを取り出した。彼女の掌の上に載せ、左右にパカッと開く。

中に入っていたのは、二カラット以上ありそうなエメラルドリングだった。

エメラルドは文字どおりエメラルドカットになっており、サイドストーンにあしらわれているのはダイヤモンドで間違いない。

あまりのゴージャスさに夏海は目を見張る。

「エメラルドは夫婦愛の象徴らしい。結婚五十五年目はエメラルド婚と言うそうだよ」

「聞いたことはあるけど……」

だが、夏海は思わず吹き出してしまう。

「もう、聡さんったら。まだ初めての結婚記念日も迎えていないのに、五十五年目なんて気が早過ぎるわ」

「先渡しだよ。さすがの俺も九十過ぎまで頑張れる自信はないし」

そんなことを言いながら、聡は夏海の左手薬指にはめてくれた。ズシリと重く、深い緑が煌めいて見える。

「凄い……六個目のエンゲージリングみたい」

「ああ、俺はそのつもりだ。毎年、新たな気持ちで君に求婚したい。だからこれは――」

聡は夏海の手を握りしめたまま、床に片膝をつく。

「エメラルド婚は無理でも、金婚式辺りまでは頑張るから、このままずっと君の夫でいさせて欲しい」

夏海はにっこりと微笑み、

「はい。ずっと、あなたの妻でいます」

そう答えた瞬間、彼に抱きしめられ――直後、リビングから生後五ヵ月の悠の泣き声が聞こえて、ふたりはお互いの顔を見て笑った。

「さぁて、まずは悠のお風呂かな」

「ええ、パパお願いね」

夏海はそう言って彼の頬にチュッとキスした。

彼女が腕によりをかけて用意したディナーを食べたあと、聡は悠を寝かしつけまでしてくれている。

そのおかげで夏海は後片づけに専念できた。

薔薇の花は食卓に飾った。夏海が薔薇を飾らなかったのは、聡が嫌いなのではないか、と思っていたせいだ。逆だったことに驚きを隠せない。

そして彼からもらった指輪はケースに戻し、キッチンカウンターの上にある。

（指輪かぁ……）

今からちょうど四年前、夏海の二十四歳の誕生日直前のことが、彼女の脳裏に浮かんできたのだった――。

☆　☆　☆

「キャー、素敵ぃ」

「いいなぁ。あたしも欲しい～」

新規クライアントとの顔合わせを終え、事務所のドアを開けるなり黄色い声が聞こえてきた。夏海は一瞬、エレベーターで降りる階を間違え、違う事務所に入ってしまったのかと思ったくらいだ。

だがすぐに、カウンターを挟んだ事務フロアに女性ばかり四～五人集まっているのに気づいた。

この事務所に女性従業員は夏海を入れて五人いる。

ということは、夏海以外の全員がここに集まってはしゃいでいることになるが……。

(双葉さんも一緒になってはしゃぐかしら?)

双葉は如月や聡と同年代ということもあるが、どちらかと言えば、サバサバした性格をしている。

見た目はもちろん、誰もが憧れるような〝綺麗なお姉さん〟だ。だが、中身が違う。

みんなが食べたいと言うから同じものを食べる、行きたくなくても一緒にトイレへ行く、といったことを平然と『パス』できるタイプの女性だった。

そのとき、ふたたび大勢の笑い声が聞こえた。

「なんだ?　如月の客か?」

夏海より少し遅れて入ってきた聡が、怪訝そうにフロアの様子を窺っている。

すると、予想外にもその中心にいたらしい双葉が、聡と夏海に手を振った。

「お帰りなさーい。ねえ、一条くん、覚えてる?　うちに実務修習に来た山田さん、結婚が決まったからって挨拶にみえたの」

「山田?　ああ、如月が指導弁護士をやった」

聡は無表情に見えたが、夏海は彼の眉がほんの少し動いたのを見逃さなかった。

だが、この場で尋ねるわけにもいかず、夏海は黙ったままで控えていた。

「そうそう、三年前だっけ?　あ、なっちゃんが入る前だから、初めてよね?　こちら、弁護士の山田……先生。勤務先の弁護士さんと結婚するんですってよ。エンゲージリングを見せびらかしに来るんだから、いい根性してるわ」

双葉の声にふたたび笑い声が上がる。

「はじめまして、織田と申します。ご婚約おめでとうございます」

「どうもありがとう」

パッと見た瞬間、夏海は『この人とは合わないな』と思った。

自分が美人だとわかっているから、相手のマイナスを見つけて、優越感に浸る人間。あるいは、先手を取って相手を見下すことに全力を注ぐような人間に思えた。

その証拠に、彼女はまるで夏海のことを品定めでもするように、上から下までジロジロと見回している。

（わたし、何もしてないつもりだけど……だって、そもそも初対面だし）

「あ、あの……エンゲージリング、素敵ですね。……羨ましいです」

すると他の女性従業員から「そうよねぇ」といった歓声が上がった。

どうやら女性の間で大人気のブランドらしく、エンゲージリングに買ってもらったというだけでステイタスのひとつになるようだ。さらには夏海が『羨ましい』と言ったせいか、流行のブランド名がみんなの口からいくつも出てくる。

だが、実を言えば夏海にはよくわからないことだった。

アクセサリーにもブランドにも興味はなく、今身に着けているものはすべて聡が選んでくれたものばかりだ。

（羨ましいっていうのはブランドじゃないんだけど……）

愛する人からエンゲージリングをもらえることが羨ましい。それは、絶対に愛してくれない人を愛してしまった夏海の正直な思いだった。

「織田さんって一条センセの秘書なんですって？　もう、びっくりよ！！　だって、秘書なんていらないって言ってたのに。ねえ、センセ」

山田弁護士が口にした『一条センセ』の声に、夏海はドキッとする。

同じことに双葉も気づいたようだ。

「ああ、そういえば、山田さんって一条くんのこと追い回してたっけ？」

「ちょっと、双葉さん。そういう言い方はやめてくださいよ。べつに如月先生のことを誘惑してたわけじゃないんだから」

「それって……一条先生と？」

如月を誘惑していたわけではない、ということは、聡のことは誘惑していた、という意味ではないだろうか。それに双葉が口にした『追い回してた』というのも気にかかる。

このときの夏海は、戸惑いながらも聡との同棲を受け入れ、一緒に過ごす時間に喜びを感じていたところだった。

だが恋人ではない。

周囲には秘密の、あくまでも愛人。

（ひょっとしたら、わたしと同じような、愛人契約を結んでいた人？）

胸の奥がズキンと痛んだ。

「そんなこと、私から言えるわけないじゃない。センセに聞いてみてちょうだい」

彼女の返事を聞いた瞬間、割り切ろうとして割り切れない恋心が、夏海の胸に小さな嫉妬の炎を点したのだった。


そしてその夜、夏海はとんでもないものをみつけてしまう。

聡から上着を受け取り、クローゼットにかけようとしたとき、内ポケットから落ちた小さな箱。山田弁護士が見せびらかしていたエンゲージリングのブランドと同じものだった。

過去はともかく、今のふたりに繋がりなどあるはずもない。

指輪かピアスが入っていそうなプレゼント用に包まれた箱を、夏海はドキドキしながら上着のポケットに戻した。

聡の冷たい素振りは芝居で、本当は夏海を愛してくれているのかもしれない。

明日は夏海の誕生日だ。サプライズで愛を告白され、プロポーズまでされたら、嬉しくて大泣きしてしまうだろう。

（やだ、想像するだけで泣いちゃいそう）

期待と不安に包まれたまま時間は過ぎ――。

とうとう何も起こらないまま、夏海の誕生日は終わってしまったのだった。

誕生日の翌日——夏海はショックを隠しつつ、なんとか一日の仕事を終える。

聡より先にマンションに戻ると、いつも利用しているデパートの外商部の人が大きな荷物を抱えて待ち構えていた。

『ご注文の品をお届けに参りました』と言われ、夏海は何も聞いてなかったが、とりあえず受け取りを済ませ、聡が戻るまでそのままにしていたのだ。

ところが、聡は戻ってくるなり、

「中を開けてサイズを確認しておけ。急遽、ホテルのレストランに招かれた。相手はＶＩＰだから、失礼のないように」

どうやら荷物の中身はすべて夏海用らしい。

開けてみると、そこにはディナー用のフォーマルなワンピースと、それに合わせたバッグや靴、アクセサリー一式、さらにはガーターストッキングからショーツまで揃っていた。

それも不思議なことに、数日前、事務所内で話題になった流行のブランドばかり……。

「今回は直接見立てる時間がなかったんだ。デパートの人間に任せて選んでもらった。最近流行のものらしいが、よくわからないな」

聡はとくに興味もない様子だったので、きっと偶然だったのだろう。

翌日は指示どおり、ホテルのレストランに向かったが……。

なんと、相手にドタキャンされてしまったのだ。

その結果——機嫌の悪そうな聡とふたり、レストランの個室に案内されて、予約が入っていた最高級のディナーをいただいた。

「このまま帰るのも馬鹿馬鹿しいな。どうせなら泊まって行こう」

ついでのように言いながら、聡は眺めが素晴らしい最上階のスイートに部屋を取った。

バスルームから星空を見ながら、何度も抱かれたことを覚えている。

小箱の中身は、尋ねることはできなかった。

だが、あの一夜を聡からのバースデープレゼントだと思うことで、叶わない恋でも思い続けようと、夏海は心に決めたのだった。

たとえ一生、愛を込めた指輪をもらうことができなくても……。

☆　☆　☆

「……って思ってたのよ」

バスタブにふたりで浸かり、夏海は甘えるように聡にもたれかかったまま、そんな昔話をする。

悠を寝かしつけ、片づけも終えて、ここからは夫婦の時間だった。

小箱の秘密は解明したが、あの山田弁護士との関係は未確認だ。夏海と出会う前のことなので、今さらと思わないでもないが……知っておきたい気持ちもある。

「なんだ、気づいてなかったのか？　君の想像どおりだよ」

「え？　じゃあ、修習生とそんな……」

想像はしたが、夏海の本音は、聡なら否定してくれると思っていたのだ。

「おいおい、そっちじゃなくて……。ったく、俺はどうしてだか、あの手の女に目をつけられやすいんだ」

「あの手？」

「男を金づるにするか、踏み台にするか……そうでなきゃ、ステイタスアップに利用するか。彼女がうちに来たのも、最初から俺を狙ってたらしい。他のふたりは妻帯者だったからな」

当時、事務所に所属していた弁護士は、聡と如月、武藤の三人だった。

彼女はすでに開業しているか、実績のある弁護士と結婚することで、自分の立場を安定させたかったのだろう。それがわかっていたから、彼女の実務修習中は事務所にも近寄らず逃げていたんだ、と聡は話す。

どうりで、聡のポーカーフェイスが崩れそうになったわけだ。

「ああ、だから山田さんが『追い回してた』って、双葉さんが嫌みっぽく言ったんだ。え？　じゃあ、わたしの想像どおりって？」

「決まってる、ホテルのレストランに招いてくれたＶＩＰ……なんて、いるわけがないだろう？」

「いなかったの？　じゃあ、あの予約は……」

「俺が内緒でやった。誕生日当日だとバレバレだから、わざと二日ずらして、最上階のスイートも最初から予約してたんだ――」

夏海は開いた口が塞がらない。

特別なシャンパンが用意されていたのも、可愛らしいケーキも、個室に飾られたフラワーアレンジメントも、全部、聡が手配していたものだった。

そしてフォーマルなワンピース一式は、

「若い子の好むブランドなんて知らなかったから、あのとき名前が上がったブランドを外商に言って持って来させたんだ」

聡は当然のように笑っているが、これはどう考えても……。

「聡さんって、本当はすっごくわたしのことが好きだったんじゃ……？」

夏海に問われ、聡はバシャバシャと顔を洗い始めた。

耳まで真っ赤なところを見ると、どうやら図星の自覚はあるらしい。

「やだ、聡さん……可愛い」

「夏海！　あーもう、そのとおりだ。頭がおかしくなるくらい、君のことが好きだった。逃がさないためなら、金なんかいくらかけても惜しくないと思った。鍵をかけて、家の中に閉じ込めておきたいくらいに」

聡は不器用なまでに真っ直ぐ、夏海の目をみつめて答える。

そんな彼の頬を両手で挟みながら、

「愛してる――そう言ってくれるだけで、よかった、の……に」

夏海の声を吸い取るように、聡は唇を重ねてきた。

甘いリップ音がバスルームに響く。聡の唇に誘われ、しだいに夏海も夢中になってキスに応えてしまう。

「愛してる……愛してるよ、夏海」

蕩けそうなキスを何度も、何度も交わしているうちに、夏海の頭にいろんなことが浮かんできた。

イミテーションだと言われて渡された宝石の数々……本当は？

ロンドンまでの海外出張のはずが、手違いと言われて、パリやローマまで連れ回されたのは？

（えーっと、まあ、今、聞かなくてもいいことよね？）

ふたりの関係はもう〝聡が飽きるまで〟という期限付きの契約ではない。

婚姻届にも、そして愛情にも、期限はないのだから。

夏海は聡の首に手を回し、ギュッと抱きついた。

「わたしも……初めて会ったときから、あなたのことが好きで、好きで……あなたじゃなかったら、愛人になんてならなかった」

「……夏海」

お湯の中でふたりの躰は溶け合うように結ばれて、夏海は最高に幸せな誕生日の夜を過ごしたのだった――。

FIN.

あとがき

蜜夢文庫ファンの皆様、こんにちは！　またまた一年ぶりの御堂志生です。

今回、らぶドロップス作品『愛を禁じた契約』が、タイトルを変えて蜜夢文庫様のラインナップに加えていただくことになりました。

本作をネット上に発表したのは七年前の夏。当時の私は、誤解や思い込みでヒロインを責めまくる〝鬼畜ヒーロー〟や、虐げられてもひたすら耐える〝ドアマットヒロイン〟がお気に入りでした。そのせいか、本作のヒーロー聡は、自作ヒーローの中でもトップクラスのク○野郎です！（○には「ソ」「ズ」など好きな言葉を入れてください）

海外ロマンス小説を読むといつも感じていたのがヒーローの「妊娠」や「子供」に対する反応。責任を取って結婚、とか、親権を渡さないなら裁判、とか……あの執着ぶりって、日本人の感覚ではどうしてそこまで、という感じがするんですよね。

宗教的な問題が大きいのかなぁと思います。あとは書き手側の期待――きつい言葉の裏にある、子供ではなくヒロインに対する執着（というか愛情）。愛を否定するヒーローでも、子供のことは受け入れてほしいという女心……等々。執筆の際、その辺りは棚上げして、日本人ならこういう反応になるんじゃない？　という感じで書いたのが聡です。

ええ、その分、読者様から聡への罵倒は凄かった。彼は幸せにしなくていいので、夏海には別の素敵な男性を――と、ヒーロー交代まで言われた奴は珍しいかも（苦笑）。

イラストは、初めてお世話になりました黒木捺先生。表紙もとても大人っぽくてセクシーですが、オフィスでの○○シーンが妄想できて最高～。夏海のウエディングドレス姿には思わず涙が……（なんか母親気分）。黒木先生、どうもありがとうございました！

それと、本作は改稿の際、あまり手を入れませんでした。

自分でも拙いなと思う点はあるんですが、それ以上に、この作品には執筆当時の熱い思いが籠もっています。連載時の読者様から、初めて本作を読んでくださった読者様まで、何か感じてもらえたら嬉しいな。

編集のK様、そして関係者の皆様、今回もいろいろありがとうございました。

手紙やハガキで感想をくださる読者様、メールで励ましてくれるお友だち、家事を助けてくれる家族にも――書き続けていられるのは皆様のおかげです。本当にありがとう。

そしてこの本を手に取ってくださった〝あなた〟に、心からの感謝を込めて。

またどこかでお目に掛かれますように――。

二〇一七年八月

御堂志生

本書は、電子書籍レーベル「らぶドロップス」より発売された電子書籍を元に、加筆・修正したものです。

エリート弁護士は不機嫌に溺愛する
解約不可の服従契約

２０１７年９月２９日　初版第一刷発行

著……御堂志生
画……黒木捺
編集……株式会社パブリッシングリンク
ブックデザイン……カナイ綾子（ムシカゴグラフィクス）
本文ＤＴＰ……ＩＤＲ

発行人……後藤明信
発行……株式会社竹書房
〒102-0072　東京都千代田区飯田橋２－７－３
電話　03-3264-1576（代表）
03-3234-6208（編集）
http://www.takeshobo.co.jp
印刷・製本……中央精版印刷株式会社

ISBN978-4-8019-1216-8　C0193
Printed in JAPAN